U0902225

空心之美

顾霞 著

中国文联出版社

图书在版编目（CIP）数据

空心之美 / 顾霞著. -- 北京 : 中国文联出版社，2025. 2. -- ISBN 978-7-5190-5563-9

Ⅰ. I227

中国国家版本馆 CIP 数据核字第 2024LZ0329 号

著　　者　顾　霞
责任编辑　蒋爱民
责任校对　秀点校对
封面设计　周伟伟

出版发行　中国文联出版社有限公司
社　　址　北京市朝阳区农展馆南里 10 号　　邮编　100125
电　　话　010-85923066（编辑部）　010-85923025（发行部）
经　　销　全国新华书店等
印　　刷　天津和萱印刷有限公司

开　　本　889 毫米 ×1194 毫米　1/32
印　　张　6.5
字　　数　180 千字
版　　次　2025 年 2 月第 1 版第 1 次印刷
定　　价　88.00 元

顾霞：笔名 KOKA。江苏南通人。诗人。先后毕业于东南大学日语系、日本千叶商科大学商经学部。有多篇诗作在国内外报刊等发表。

客体空间里的内隐式漫游美学（代序）

温经天

“我，是大地抽象美学的一个点 / 兴奋地划着弧线”；“我——成为谜的一部分”；“你，懵懂于修辞与意象的古老织机”；“世界的每一个瞬间，我们同时会面”。这些闪亮的诗句，构成了诗人对本体世界清醒的认知，对语言保持着敏锐的体验。

在顾霞的诗歌里，主体在异域空间中行走，异域也是此在；图像在语言的结构中流动，图像也是音乐。此刻与此在都丰盈着生命的质感，她以行走之诗摄取生命瞬息的感知，锤炼自我真纯的心性。

无论客观事物如何堆积，无论被观察的世界如何纷乱，其运动都是围绕心灵公转的，因此有序。而写作者的心灵在我看来则是一个空心的轴，它也是一个金光的巢穴，质地轻盈，内容具有不确定性，充满神秘而惊奇的魅力。由此这样的空心轴带领着客体空间旋转生成了众多奇异的知觉映像，它们都提取于宇宙混沌的无序中。诗人的心灵里不仅装满了意识，而且有审美，有经验和不可知的知觉，这就是主体在客体空间里诞生的内隐漫游美学，强调瞬间性的意识链，联动世界万象与万物，召唤着存在体的和鸣，自由自在，随性修为，纯粹轻盈，长袖善舞，以莹亮闪烁为沉默的方式表达身体漫游和空间漫游，那正是她的诗句所指认的“空间的所有和唯一”，这就是诗集《空心之美》的诗歌特质。

法国哲学家、思想家梅洛庞蒂认为，主体对客体的图示和构图开启了诗歌空间的漫游。知觉具有整体性、选择性和恒常性。在现象学里，主客一致参与了现象世界的生成。自我就在这样的世界里存在、生长、发育，甚至是觉醒的。顾霞笔下的事物、场景和空间，不论城市街道还是花园旷野，不论异国他乡还是青春踪迹，都源自知觉，身体内隐的漫游、思悟与赞美，具备同一性的美学经验。她置身于诸多事物的光中，体悟心灵与世界的通道所在。抒情的姿势与情态带来艺术审美，集合梦幻、空灵、异域情调于一体。物象的线条在波浪中分叉，洞开，融合，而主体被雕塑的中部是空心的。这就是一个诗人运用视觉图像经点线面多层次的多样化展示。这种展示经由风、雨、天、地、云、花、梦、光等诸多自然事物的动态演绎，用这部诗集将自我主体的现代自由意志和女性向美的纯粹情结自如地打开，并急速融汇在异域事物的复杂内部，使它们发光，发声，传导灵魂圣洁的舞姿。这就是内隐式的漫游之美的诞生。然后，随着事物的光影投射，顾霞与诗中的行走者漫步者合体，站位于意识的空心地带。这个地带不存在经纬度，也不存在温度和湿度，唯一能够被测量的是诗的语言。

当客体旋转于自我周身时，无论她在国内还是在海外，缤纷绚烂的世界运转着视觉浅层里孵化的一个个意识点化的空间，犹如奇特新颖的双重画像，外在绮丽，内在优雅。在意象创造方面，她把大量自然事物自动转换为意象，不仅丰富了诗歌内涵，也增强了诗歌的视觉效果和象征意义。

举例此诗集的前十首。《走近》中的意象如“结与漏洞”和“当石头穿过天空 / 我也有沐浴光、雪水的光辉”通过流动的意象和质感的运动表达了身体的触觉和内心感受以及对生命和存在的思考。《短晴》中“天空被打开一半”，描绘了诗人的内心状态，使用“剥落着红漆的木门”和“田野里一个方程的对等式”等具体和抽象的意象，表现时间的流逝和生命的复杂性。《隐者书》诗中的“虫鸣的褶皱”和“玻璃珠，我父亲手里转动的轮轴”等从属于大地的意象，展现了诗人对自然和家族记忆的悠远追溯。《鱼尾狮》以新加坡的标志性雕塑鱼尾狮为客体同时也是具体意象，通过对这一城市文化符号的描写，探讨了身份、矛盾和心灵等主题。《船》通过对“走在渔火里”和“马六甲海峡的某个祭坛”“风轮”等意象的描写，表现了人类活动与广阔世界的联系，家国意义，深情大气。《人流》诗中的“风消失的地方”和“人流缠绕，没有结”等意象，反映了疫情后人们生活的静止与流动，并暗示着人心思齐。《季节》使用“鹅黄的灯光下，切片”和“湿漉漉的大街上，时髦的背影”等意象，描绘了季节变换下的人文景象，同时“我几乎辨认出一个恋人”这样青春的亮丽句子，催动了生命的活力。《舍弃是一种境界》通过“纸屑、鸟、人”等意象，在旅美的 66 号公路上感悟着生存场域的差异所带来舍弃、自由和生命碎片化的真义。《上帝之泪》以“上帝的一块玻璃”和“永恒的眼泪”等意象，运用推理的方式为人类渺小与梦幻伟大作对比，带着觉知的一丝隐忧思考着人类情感、信仰和宇宙秩序的关系。开篇十首皆为佳作，提气提神。

顾霞诗歌的语言简洁精炼，富有力量，每个字都经过精心挑选，传达了细腻情感和不俗认知。尤其通过对视觉、听觉、嗅觉、触觉等感官的细腻描写，构建了一个立体的诗歌世界，让读者仿佛身临其境，场景空间不断切换，动感十足，循环不止。她的修辞手法较为复合，如拟人、比喻、联觉、转喻等，增强了语言表现力。语言节奏和韵律变化多样，为诗歌增添了浓郁的音乐性。广泛使用象征和隐喻，传递出具体意象的深层意义。同时语言具有多义性和开放性，开放式地迎接读者多元的解读与隐秘的联想。

那么在她的心理层面有哪些词支撑着她的语言方式？我从书中找到了十个关键词，由此不难分析她的诗歌生成因子。

1. 光，频繁出现，表明作者在寻求希望、启迪或精神上的明亮。

2. 梦，多次出现，反映作者对理想、幻想或规避现实渴望的心理状态。

3. 心，作为核心词汇，揭示作者对内心世界、情感和思想的探索。

4. 水，作为净化、流动或变化的象征，表明心理上寻求清洁、变化或流动性。

5. 夜，频繁提及，与孤独、内省或对未知的探索有关。

6. 风，象征着变化、自由或精神上的释放。

7. 雨，与情感的洗涤、更新或悲伤的状态有关。

8. 花，与美丽、成长或生命的脆弱性相关。

9. 时间，多次提及，反映了作者对过去、现在和未来的纵深思考。

10. 路 / 道，揭示了作者对人生旅程、方向或选择的探索。

基于这些关键词，可推测作者的心理状态具有以下特点：强烈的自我内省能力，寻求意义的不懈行动，情感波动的起伏微妙，善于提炼自然事物为喻体，强化对现实的身体知觉。由此，从维度层面看，《空心之美》通过精心构建的语言和意象系统，将文化、历史、场景和现实这四个维度综合呈现，创造了一个多层次、富有深度的诗歌世界。在叙述事件或场景的同时，诗人融入了个人的情感和思考，使诗歌既有叙事的清晰密度又有抒情的浓度。通过使用多样化的语言风格，如古典与现代的结合、口语与书面语的交织，诗人展现了不同文化和历史层面的语言特色。她的诗歌主题往往不局限于单一维度，而是在文化、历史、场景和现实之间建立联系，进行多维度的探索和表达。

顾霞诗歌也具有一定的抽象性，并传递出情感和哲思两种构成因素。她说“你感觉自己是一块几何体了”。

锐角，直线，平面，弧度，是她知觉身体的内隐中时常投射的形状词语，本质上是从具象事物中提炼的抽象体。而当万物被心灵植入脉搏涌动的时光，自然而然地衍生出各种故事里的情节，而在那些情节里有拼搏、忍耐，有曲折和光源。她用一首首着陆的诗句指认世界表象的斑驳，并深入其间舞蹈、飞翔与歌唱。这就是心与物的相互投射所引发的诗意潮涌。在情感传导方面，写作者的身心感知只在于自我护体，如同一个“空心的暗礁”，置身于光影的物自体的海洋，因此作品普遍具备对自然、生活和人性的深刻感悟。如爱、孤独、希望、失落等，让读者产生共鸣。另一侧面就是哲学思考。诗集一旦读进去后，你不难发现，许多诗歌蕴含了对生命、存在和时间的哲学思考，引导你思考人生的意义和宇宙的奥秘，其特点包括：内省性，哲学性，象征性。所谓空心之美，它不仅诞生在自我内部，还诞生在“竹子内部”“树的子宫”。这是母体孕育的潜意识构成的诗的主体站位。“自闭空荡的心”所迎接和吸纳的，正是投入并沉浸于客体世界张开双臂式的迎接，一切只为穿行。个体的行走就是穿行，空间成为参考标签，借此验证行走的曼妙与持久，归于富有哲学意味的突围，具备具体诗意的心性合成，因此，顾霞诗歌的哲学内景盛大。

再推荐几首心仪的好诗给有缘的读者。《隐者书》通过对自然现象和个人情感的反思，诗人展现了对时间、记忆和生活哲学的深入理解。《地图》通过对地图的观察，引发了对历史、地理和人类的认知，体现了诗人对自我和世界的深入体察。《约塞米蒂溪谷》通过对自然景观的描绘和内心体验，诗人在对人生旅途和自然景观的洞悉上认知深沉。《城市月光》通过对城市生活的观察和个人情感的抒发，表达了对现代生活和人际关系的深刻体悟，与辛波丝卡的诗歌《我们数着》风格相似。《南方的雨》不仅描写雨也投射个人情感，展现了对自然现象和内心世界的深入理解，在对特定地域文化和自然景观的描绘上，与洛尔伽的作品相投。

需要提起注意的是，下列这些诗歌，在表达方式上与世界级女诗人的诗歌作品有所共鸣。《舍弃是一种境界》和《上帝之泪》，在对个人情感和内心世界的深入挖掘上与西尔维娅・普拉斯《钟形罩》和她的自白诗集有共鸣。须知，普拉斯的诗歌以其对个人心理状态的深刻洞察、对女性经验的表达和强烈的情感力量而著称。《人流》在对生活和社会现象的观察上，与注重强烈情感表达、社会问题探讨以及对生活经验反思的玛雅・安吉洛的《我知道笼中鸟为何歌唱》相仿。《季节》在对自然景观和个人旅行经历的描写上，与精确观察自然和日常生活的伊丽莎白・毕肖普的《地理学之三》相通。《隐者书》和《鱼尾狮》，在对情感和存在意义的理解面上，很像艾米莉・狄金森的许多诗，践行对生死永恒等概念以及对个人内心世界的探索。《兰花赋》和《细雪》，在对自然美的赞美和对生命体验的抒情表达上，与伊迪特・索德格朗的诗歌《九月的竖琴》相通。诸如此类，佳作很多，我想这些跟她日常的潜心阅读有莫大的关系。

综上，顾霞用诗歌搭建了跨时空的叙述视角，斟酌着个体在社会和宇宙中的位置和价值。这部诗集涵盖了多种主题，如自然美、人与自然的关系、社会现实、内心世界，而对文化和历史的融合，许多特定文化元素和历史背景的引用，也为诗歌增添了文化底蕴和历史深度。

最后，让我们期待她未来的新作，期待她不断挖掘本体世界更深层次的体验，不断创新更多有质感、有历史、有文化隐喻的更为成熟的精神自我和语言结构。

《空心之美》是对美与自我空间的呈现，精纯如美玉，意象丰富生动如璇玑图，可以随时比兴，悠扬咏叹，恰似雅歌。

2024 年 7 月，广州

（本文评者系诗人、现代诗歌观察者、世界诗歌译介者）

目 录

兰花赋

旷野，那个少女
石头缝里的幽风
她停下。夜，便如一只盆钵或一张宣纸

我惊叹——意念强加于现实的错觉
尖峭之上
有着数学般致命的冷静之美

它的脸，也许不能发射一千艘船
而她的瞳仁，正放出一只白鸟，迎向一千支箭

流水般，远离了石头的表层

2021 年 10 月 23 日

美国圣路易斯市　2018 年 10 月 15 日

短晴

天空被打开一半，甚至银杏叶
剥落着红漆的木门，你

从一扇门到另一扇门，上升或下沉
有一根铁的火线，羽毛的空管
将我撑开
似乎，我解开了
田野里一个方程的对等式
古老的银杏树下，金色而温暖的孵化

当朦胧的线缕，将我一点点织入
我——成为谜的一部分
黑暗而单纯
在一个园林的午后

2021 年 12 月 5 日

隐者书

我确认这虫鸣的褶皱，刚上架露水的秋天

你，懵懂于修辞与意象的古老织机
会在午睡的角落，飞出麦冬草高挑的脚

玻璃珠，我父亲手里转动的轮轴
缓缓上升
一部哲学——航线与码头，日与月，合一卸下

夜未曾安宁，每一根声线如此相似
存在与消隐，交织
我，是大地抽象美学的一个点
兴奋地画着弧线

2021 年 8 月 14 日

鱼尾狮

你比我走得更远、更高
鱼尾狮
就像我似乎比母亲，走得远一点
她也曾以白发的质地与运动，将我视为
一小片海
远方某种波浪的声响

我赞美你不被赋予的某种属性
或被赋予的多重属性
名副其实的两栖动物，不仅仅出于羡慕
而是作为最近似的
心灵——矛盾，生活中最常见的灰色的词语
水与火、进与退、沉默或咆哮

当我将手伸向了你，我摸到尘土
摸到了那个不是我能企及的
我的祖先的具体命运
如何从身体解放，并进化的种类

因此，我欣赏你心猿意马的假象
作为未来，也许更喜欢它的对象——
是绝对的嫁接
城市的骨肉，都是它的……

2022 年 1 月 22 日

船

他走在渔火里，确切地说
是走在人间星光
脚印里的海、沙、椰子林已退潮
作为背景
将人间盛宴高高地，擎举在
马六甲海峡的某个祭坛

人们依然望向苍穹，更多的目光
是投向自己
神明，已随一团黑烟远去……
一艘流泪的舰艇
也感到怀里的不安与喧哗
他停下了。在石头里，完成——
一个国家，一个中心的意义

与人们的理解，如此默契
经过他的人们，会跑起来、飞起来
像他对面的风轮
轻轻地
将一片国土，如潘多拉魔盒提起

2022 年 2 月 12 日

人流

——疫情后中央车站

我步入风消失的地方
打转、逆流、顺流似乎都已停息

像在田野里迈步，一些沉淀之物
覆盖脚背

有从未囚住的线
神奇地攀过银色的鞋尖。多么壮观地
将一张平面，岩层般高耸

人流缠绕，没有结
擦肩的点，在很小很小的锐角里
风一吹，也便成一条直线了

那么多直线，带着它们温和的弧度
而规模越来越大

2022 年 2 月 16 日

季节

鹅黄的灯光下，切片
温婉如一朵莲
湿漉漉的大街上，时髦的背影
被牙签撬起

我听见低语。细滑、轻跃
一粒粒萌动的种子

你——安装了多重赛道的青春之瓶
被手擎着
铁的、岩石的、泥土的
手

没有谁将你比喻成玻璃
那透明的、空气样的
是夜——
凡·高的星月夜

植物的果实，旋转
我几乎辨认出一个恋人

2022 年 4 月 3 日

舍弃是一种境界

纸屑、鸟、人
各类想释放情怀的小游民
穿过古铜枪口，在圣塔莫尼卡
酥软的暖灰色手臂上潜行

在 10 号公路的尽头
66 号公路的起点
我取出了自己唯一的弹片
像已洞悉全部生命内核的一个碎片

而更多碎片微微泛白，灌满了母语
从木椅、古铜镜上轻盈转身
神秘古老的光环，扣着盲如宇宙的黑
隐秘于白如教堂的颈项

它终于俯拾而下
我放飞了它
更多颗粒，裹挟湿漉漉的风
在我血脉的每一处

2022 年 1 月 15 日

上帝之泪

有时你惊觉，上帝的一块玻璃
足以让一个人完成一次对话

贴着窗玻璃，在半空，或略微高于地平线上
模型般立体的虚无里

你——以区别于以往的姿态
坠落。屏蔽“动”的细节，在无限广阔的视野
将身体，也许是信仰的一个侧面
吊在——
克里斯与上帝游戏的屏障上

人类如此渺小，梦幻如此伟大
居住与回忆，变小、变远、变矮
如无名植物的无色花蕊——
一个不结果的征兆

连涟漪也是静谧的——永恒的眼泪
因与那永不抵达心的、立柱的一点点距离
因随时可见的、不真实的遗弃

2022 年 8 月 7 日

地图

当手展开地图，古老的电线点亮
黑暗与光明
风、瘟疫、百合围来
你柔软的腰肢，执傲成
一柱银色的铁

你用一个女人的语言，填充
青蓝如药丸的皮囊
像她一样，我们每个人瞬间都会迎来
一个半身不遂的空间

手牵华如雀羽的光线
沉入——
历史的遛狗场
一朵花——尘埃里的舞曲
让我不知缘由的僵硬的手
划动了几格

睡眠又来了。你往前进一点，就像在一场
蛛网中，所有的逻辑、秩序
被吹入了一场创作

你从像老妇人的脊柱弯曲的
城市脊背
取下了测量仪和一个时代的“洋红”

将它们折叠、存入锦缎的一页
你并不是唯一拖着行李
走动的人

2022 年 10 月 27 日

克罗地亚萨格勒布市　2019 年 6 月 19 日

走近

比沙或纱，还轻
美好的触觉，被放眼而去的空
折回

一条河从心底浮起
若隐若现的光，将一个人返回——
一个器具

我并不痛苦于——结与漏洞
当石头穿过天空
我也有沐浴光、雪水的光辉

写到这一句，鱼群放开咬噬
巢开始漂动

2021 年 9 月 19 日

细雪

你看见自己，惊喜于
现在的样子

没有卸掉什么。瓦檐、树、小巷
这天空的舶来品
冬日里停止了打转
你感到轻盈。岛、湖心、根
这午睡的水手的呼吸
将在你内部，居住片刻

而河山亿万年！推窗
小年之“尘”——细而白
生物凝重。玉屑之下伏跪着
“褐”之柔情与谦逊
连兽，也卸下了自己

2023 年 1 月 16 日

斑驳

触摸它，不会像单薄的粗花呢布
传递温暖
这粗粝、干硬的立面
在你视觉的浅层次里，奇妙地打开
一条通道

呼吸，又一次途经昨日——
你并不以最快的速度，堵住蜘蛛脚般
细流的纷沓
它冷静地堆叠着

你感觉自己是一块几何体了
空洞、尘埃、献媚，以另一种命名
或神的旨意，植入
时光，仅以轻薄的拉毛粉刷，在你的双颊
轻轻带过

穿过鹅卵石的街道
梧桐叶轻柔若羽地飘落，在几何体里融化
一个空心的暗礁
而一次阳光的穿越

2022 年 11 月 6 日

穿过红杉林

让我，在房子里睡眠
我的睡眠，踩着楼梯
感到——一个工程，正被把手或铰链
打开

多奇妙的感觉！红杉林恍惚变白
基督的肤色
你，临近核心。临近一块玻璃的残余
它仍嵌在那里
射下“蓊郁光芒”里的一个暗影

当事物的功能，被赋予了美
连裂缝，都被神谕
翠绿之上
淡淡的棕色树干的影子

2022 年 6 月 21 日

夏夜

一个人走着
越来越深入一面镜子
静、清、澈
水银——
夜穿过它们。我，在竹子内部

一群银鱼头顶盛开。它提醒我
一面扇复活
空气已在滴水的出口

祖母绿，风一般睡在婴儿的脸
她移动，月亮般驮着一条河
移动
步伐轻快起来，感觉不远处的山
也透明地参与到少年的游戏

清凉的、光滑的几滴珠子
从枝头落于心线
又轻盈地抛向喉咙
濠河的风是微妙的
不驾驭什么

2022 年 9 月 7 日

露

无话可说，空气仍有些热
你的目光振动。我能看到剩余的灌木丛
将残缺的两半合二为一

圆月更满，升起浅紫的烟霭
秋，将回到母体，进入树的子宫
草刃上从未开口的誓言，从耳朵流出
迷人而寂静的深渊

坠落，如此轻而软。一颗自闭空荡的心
穿过夜，被珍珠采摘者，回放大海

2021 年 12 月 6 日

绕圈

岩石圈住圣水
从浮游到潜泳，音节放慢三拍
一种返回母胎的温柔错觉

我的脚向外走去，我的心向内
靠拢
它们相遇，有光芒最弱的“嗡嗡”声

瓦西里·康定斯基，坐在花园里
分解着他的物理碎片
你与之握手的，是一株植物
一个胚胎，或与你有同等智慧的动物

它们拥有对流的本能
维护并支撑着一个空间的和弦
像一个呼吸的装置
圣水吸住我们，穿越暮光之城……

2022 年 2 月 19 日

早晨的太阳

现在，我的左肩有一块隐匿了
针脚的布
我从一扇门进来、出去！模糊了
太阳与月亮的影子

脚步声越来越弱、慢
光囚笼的范围越来越大
薄，剥夺着我与椅子、更具体事物
之间的关系

我身体的亮筒，超越了眼睛
那么明显，又无足轻重。什么在掉落
有一块玻璃完美得——空而无痕

黑暗缓缓开门，几道幽灵
瘫软下来，清晰地露出细节
绵长……

2022 年 7 月 15 日

约塞米蒂溪谷

我们待在一棵橡树里，太久了
我们——最后的一滴颜料
活得春心荡漾

从前，不能动弹
像被刨蚀成薄薄的一片冰
部落母族
坐在自然的圣殿之上

母系之血
从莫塞德河、吐勒姆河
开始流淌……
像骨针与石头，活在它们苍白的
缝隙里

你张开双臂，想穿过去
从查帕拉尔灌木林，向天堂
它垂下来。银白、庄严、闪亮
侧身处，伦勃朗光线打在她的脸上

我不能抵御
约塞米蒂谷，在河中沐浴

2022 年 7 月 7 日

城市月光

有时面对亲人，生活里的一幅画
将愿望与感性，传递给另一个时
之间，会生出一条钢丝
或称作——银色静脉

外面，夏夜。比以往更真实的世界
往头脑里堆砌。你感到
住宅、旅馆、街道、谈判
只有两种形式

黄色的灯罩，像月亮在窗台
映衬着若隐若现的——灰色天际线
不需要面孔，男人与女人对峙
沙发与椅子拉开距离；门与窗碎下木板
玻璃

空洞的，仍似乎绕着一个中心的锚
而城市不会挪动分毫

在此之前，日子因神秘陌生，而绷紧
一根静脉郁积，石化般垂挂

最后的一滴血高高地，凝视——
欲封闭于缝隙

费尔南多·佩索阿、儿子、情人
——月亮的黑影，投射在橙黄的人行道上
……

2022 年 8 月 10 日

对话

我将失去词语，它包裹的音节
我看见太阳，在一根竹竿上庄严地
揭去它
宣纸的面罩
我的心，胭脂般忽闪了一下

一个女人格外清晰。在河流的下游
你与她紧随，像无间距的水与水。岁月之谜
竹叶、黏土般无声地打开
连水，也铜镜般凝固了它的言语

你——仍是一个音节
无风、无雨、无雪的一朵梅花
并不同时地，在你的喉咙、心房与心室
歌唱

生命之轻是误读。每条路都呈现它无限的姿态
但只有一条
当你的身体里，有一头红兽
并静谧、温柔如天边玫瑰色的
氤氲

2023 年 2 月 18 日

克罗地亚十六湖国家公园　2019 年 6 月 20 日

南方的雨

南方的雨，生向天空
一种梦幻，麋鹿从大地起身、交颈的梦幻
星星啊
可曾知熄灭了眼睛意味着什么

在麋鹿沉睡的冬日，一只鸟裂开
榆树的根
——噢，黎明。为什么总狭隘地，淤积在
焦色的泥土里

我啃食的那些草，只剩下失去锋芒的针
朝拜的山脉前，暗淡的一摊银铸的水

它在运动。冬与夏、山与水
在风的缺口，一个翅膀的幻影
拉开——
大地海藻的舞姿
你又有了虚生于实、实生于虚的激动

在果实还未蜿蜒的时刻
我听见雨滴，在撞击、相爱
十万吨星星编织花环

多情人遥望的时刻——我注意到
迷雾吞噬宇宙的额头
谁藏在那里？编织着
一次真实之词的邂逅

2023 年 2 月 26 日

乡音

黄玫瑰攀下卷花铁栅
从纹理细腻的木质窗户与长廊
迂回而下……

一只蜂蝇……专注。它被浪打湿的帆
刻满“光”的变迁
光，是流水目送日月的缓行

外白渡桥，在早期的记忆里，打了一个结
如此我流向了大海，我漂向哪里
远远地，河流竖立一万匹布，筒瓦的颜色
蜂蝇也是如此。那蜂蝇不动
越来越碎，模糊着脱落着什么

而我盘旋、上升。一根绚丽的紫色的鳌针
唤回胸膛百年的喧响

外滩，静谧的玫瑰

2023 年 3 月 5 日

支云塔

竹叶——祈祷的一截灰烬
被铸入纯粹的铜声

一年的循环，一天的循环
像一部风水门户的历史，安静下来
清晰的
一根中轴线

你收拢起翅膀，似乎不在地球上
空气越来越稀薄
氤氲，晕染着乳房
共鸣——从暮霭时消失的一炷烟
开始……

哦！榉树尖上的鸟啊
我离你越来越远。像三点一线的
虚构点，弥补着
一人、一河、一城，她形制上的
缺憾

2023 年 2 月 11 日

百年

龙柏、乌柏、圆柏、侧柏
楸树、女贞、石栾、柳杉、广玉兰
在深翠的沟壑与粗粝石砖铺砌、延伸的
午后
迎向我同一张脸
它们在这里已生息百年

我第一次感受皮肤替代脚的漫步
冷冷的空气，闪烁着粉绿的雾霭的余烬
被消失的白鹳的呜咽，细细包裹的鸟声
从我的体内穿过

我不是在绕圈。在我的前方，一尊铜像
石雕的方形陵台
一股幽远的风，麒麟般划开我的皮肤

哦！土地、岩石、纪念碑式的老人
我向后退，远远地望向你。惊诧于
一棵树是一座岛屿
沉重的树叶的摇动，像纳拉甘塞特的海

而海，单一的、起伏的元素
覆盖我脑袋

当一滴水进入螺旋，落入“女贞子”的根部
年轮——这陌生了百年的能量粒子
烟花般闪向天空

2023 年 1 月 20 日

岸边陌生人

雨，濡湿着红帆的身体
雨与流星交媾—— 一个传说的桅杆

黑头巾从眼睛的上方，滑落
像门打开——爱之梁从石头里，优美地歌唱

雨，湿润的尘之屑，随红色的鞋音
成碎块与小片，空荡荡地敲击
或沙尘暴般地覆盖一个谜——历史

谜，就是宫殿。落在表面就是美的
你会震撼于石头里、空气中
裙摆一样的标签

黑暗但多么充实——拥抱。隔着玻璃的
雨的清晨
一个陌生人，与我会面

他融化，并笔直地驶向天空
在流速沉缓、霓虹绮丽的江面上

2023 年 3 月 31 日

大瑟尔

在雾还未完全消散的地方
在牡蛎于太平洋西岸，处女般呈现暗红
微笑的时候
当冲浪板像一只蜥蜴，被一只手提着
当灯塔熄灭成，自身一道白色的闪光

在一群庞大的军舰鸟，抖落浪花的肚皮
围攻焦糖的沙滩
一条蛇于陆地与海洋，翻滚、蜿蜒着
向天空之际

那里，没有一艘航船沉没。但你能闻到
随蒸气翻腾而来的残骸的气息
有别于罗马，平息了战马与野蛮的
蓝色竞技场

整个世界似乎隐藏了
像一只小型的啮齿动物
蜗牛般缓慢的时光，在“日中花”的花茎上
愈加坚硬起来

你往上升
此刻，仿佛有一双手打开了天堂之门
此刻，热望出海，又如船体被撞出一个个洞

在失去轰然之响的马蹄花前
一个伊甸园曾盈满于此

2022 年 10 月 16 日

佳偶

如此简洁，美、睡、亡
但——美、睡、生

她睡着，像死了
土地压迫着她，让乳房灌满
神、草木的甜汁儿

她睡了，像活着
一株黑葡萄，从毒药之罐
捉住—— 一只红狐狸

仙气中遗弃的少女啊
死亡开始了，如同一个梦！搬走了
屋子、物件与流动

如此简洁。嵌在孤独之墙
我敲下一根钉
她走下来，我的佳偶
——停在半空的第二个城

2022 年 8 月 14 日

苔藓

你吸附于被遗忘的肉身
冒险的芭蕾，推开湖水之窗

一只只白色的天鹅
从手掌放飞……

比白云更疲倦的欢乐，总在裙底
向你甜蜜一跪
犹如生命被唤醒的欢喜

2019 年 8 月 23 日

羽毛

羽毛是万物，是万物之间的
裂缝
躺平，任血脉沿青苔、水流的方向

我年轻时代的火车，在种树
安静的、披满光华的蓝孔雀

羽毛是万物，从万物里不经意地
抽身
衍生石头里的命脉

呼吸是一个生命学问题
它蛇一样的波浪，被空放大
悬在岬口
一块几何学的鳞片

我懒于梳理，于万物之间的缝隙
自行梳理
一个色彩的显现！舒展——
朝所有的而唯一的方向

2022 年 6 月 23 日

边界

修饰语，落下
如——果实在时光的相伴里，发出撞击
一圈圈，呈成熟的晕色

生活的核，在一个物质工厂韵律地弹跳
精准、稳定
像宾语寻找着它们的主人——
你可以说市场或国际

谈到鞋模，冰冷的失去想象的轧花
你翻开下一页，仍是一张地图——
历史的、地理的凝固路线
想要的事物，也许是一个瞬间
一个水火不相容的哲理的背叛

这样想着，裸足、紫红的丝绒包裹的
铁的斜坡
将世界轻轻摇晃。像一个定语，悬在
想象的兴奋的边缘

2021 年 11 月 7 日

捷克斯洛伐克文艺之都巴拉格　2019 年 6 月 25 日

空心之美

且称它为容器，密封的
而门或许会敞开，在薄雾蒸腾的某个清晨

它流淌，一滴一滴，带着青稞的味道
像我眼前的这根玉竹，毛茸茸的关节处
吹着风声，光冒起芽尖

如信仰必须死去，它浮出又沉没
当光无罪，时间之茎无声地倒下
比种子更长久的生命，回到容器
模糊
在那里，所有期待的在上升……

2021 年 5 月 2 日

一只鸟

一只鸟发福了，扩大的城市
我们寻找焦点

火锅沸腾，你唠叨。一种奄奄一息的
朦胧

夜在倾斜，我开始奔跑
所有的河与地铁，驶入——嶙峋的内脏

午夜十二点，一只鸟
涮涮自己的翅膀

2021 年 7 月 24 日

蜻蜓

柳叶栎席卷的中心
更细碎的金黄，忽然透明
轻而短促。透过空气之柱的深渊
我想窥视这既不沉降也不上升的
一股魔力

那定是一块经过大迁徙的地坛或草坪
人烟罕至
唯有火与河流蹲在那里交谈
移动着千年一步，模糊的脚印
……
在希望与荒芜纠缠的另一面
万物沉潜
夜开始豪华地飞行
振动起它橘红色浮雕的翅膀

当我如一粒粉尘，以小小水花飞溅的姿态
融入它震撼的声响
蜻蜓，我与你缝在了一起！

我的鲜血，银针似的往前跳动
在大地钢铁般灰色的布帛上

2023 年 8 月 28 日

姑苏水乡

她轻拂古筝，柳绿掩映的小桥河畔
英短们开始熟睡

在蜂节般乐曲的滚动里
你甚至模糊了——
它白色茸毛的耳朵与黑色的半眯的
眼睛

有一道温和的梁，横跨月色与乌漆漆
门扉半掩的光阴

你未伸出一双手，推一扇门
而英短眼里的光，已将谁的手掌
溺爱成
一片流水潺潺的植物花园

这是雨后透明的想象
夕阳的露台上，玻璃的细缝被一张脸吸空
梦的另一端，是遥望着的、徘徊着的
还未抵达的
一个人的晚宴

2023 年 9 月 5 日

继续行走

推窗，虫鸣的踪迹
微光里轻轻荡漾
不变的但也难以形状的伊卡洛斯的
飞行

心，还未融化殆尽
像珍妮·沃登笔下的一朵紫娇花
翅膀的斑驳处，或者说已融化了的飞行之上
我孤单、细弱地走着

是孤单而不是孤独

鹅卵石凝固的濠河河畔，与 88 号公路
有什么区别呢
当你为一条路径找到譬喻
干树叶的纹脉、爬行动物的鳞片

你感到值得，糟糕也值得的意义
于是，你发了夏夜粼粼波光的河流
给儿子
他或许会将“捣衣”误听为行走的声音

或许他认为无意义。或者亦如我行走前
不存在的生命，对光影漫长的追寻

生命，曾多么奢华地捧到你面前
你慢拍了。倾斜——让我听到光的疼痛
在临渊的深度
伊卡利亚岛——生命的迷宫
它仍在母亲这里

2023 年 8 月 12 日

柔软的承载

光的身体，在飞行
而不是翅膀
从两叶帆的缝隙里，缓和的气流
将我梦幻般剥离

像一场雨对蓝花楹
温柔的一击……

紫色的雾弥漫缠绕。虚无的流动里
住有一粒天堂的种子
海沉降，丝绸般落入泥土
小镇重又露出赭红色的棱角

也许更像一位修女，祈愿走出斗篷
银针似的许多秘密，在海上伫立

2023 年 10 月 9 日

雅拉河

我看见
一株热带植物，旷野里
奔跑的姿势
血色天空，云一样飘离
秘密的土丘

麋鹿安详。时光的触角
被时光收割、孕育
它弥香的体内，夜合花、桉树、坚果
纷纷沁入一条细流

喉管处，是不是感觉在做一个瓶颈之梦
当眼睛——香槟横倒的幻影，麦秆般
从雨里苏醒

然后，你将它披在城市的石头上
在通往生活的纤维里
感到了彼此的轻盈与沉重

像地球与天使

2023 年 10 月 5 日

行为艺术

不比风里的雨伞更飘逸
不比灯塔与人类的胎衣更神奇
栖息于岩石、同类的脊背，释放着
棉絮般鲜为人知的隐秘

他的艺术：不死之缠绵
然后决绝，如一缕烟，永恒地扩张运动
将人类不轻易表白的疼痛，舞蹈出
一千八百个魂灵

你称他为“银水母、帆水母、霞水母”
如此透明，纤维般吸入毒素。行囊倾尽
你初始般投入胎腹

人始终在畅游，在浮力的黑暗之上
俯仰我们的星系
然后旋转、趴下！那么简单
却盲如奇迹

2021 年 12 月 24 日

璞玉

披淡青色长衫、沉思的女人
从她的肩膀，虚构出两只朱鹭

不对称、神秘。你感到比扑翅更迷人的
孕育
如取之不竭的火

她与它眼神相似，欲退于同行的
封面
而汹涌，帐篷般
撑在一个中东之城
在耶路撒冷朝圣之路上

2022 年 12 月 30 日

烧焦的红杉林

在你死去，逻各斯
再未出现

你退到一颗裸露之心
“噼噼啪啪”缝制一件火红之衫
银针渐黑

山谷寂静下来，逻各斯
揭去了那道晚霞
“违背自然，将如普罗米修斯，钉于
悬崖”

可自然之罪亦如美
总不确定地
羊一般出现于浓绿山谷……

我感到悲伤，对火的秘密
望着矗立着、黑得发白的事物
祈祷它，退到深涧鸟鸣……

2022 年 7 月 2 日

布达佩斯渔人堡　2019 年 6 月 16 日

布达佩斯渔人堡　2019 年 6 月 16 日

震心

像对事物规律的推翻，你远远地望着
被“加冕”的死亡阵地
岩浆灼热，不能探究、终需探究
要准备好时光
最后的一缕薄衣

生命的赤裸，还很遥远
一个核心，在规律之深处，亦不在
一些圈，是它魔棒的痕迹

你不能以童年备受溺爱的目光
看它
那里没有惊喜！

而你确幸，为身体采购的粮食
你消化着它，吞下种子
河山复活，你穿着电衣舞蹈

2022 年 5 月 21 日

独木桥

我不再梦你，将自己放下
桥—— 一把木制的锁，放出羊群、雪人

不会动摇的牧羊人，黄昏的晴空
退至眼底。一只鸟扑簌的震颤
让雪与头巾飞起来，时间被拆开

雨刷旋转，有人在推窗
眩晕，纷杂，是一个隐喻的画面
隔着不存在的玻璃

速度！
我一层层穿上你脱落的黑——
不再忧虑的一个穹形宇宙

2020 年 12 月 26 日

鱼竿

且唤她为米兰
乳白，已从窗台下沉，弥漫石壁
河流……

天浴！一朵更大的米兰。你和那手臂
收割虚无
光柱，迷人的绳索。睡眠已将力拽向你
你的额，触向篱墙

因而我得以漂移，随植物的香，逃离
铺展草坪。囚住的一缕、一滴，那明亮
我伫立，以与一只白鹭的距离

未听见的，还在眼里。睡眠缓缓浮上来
米兰拐过河道，沉入——
十八层的阳台

2021 年 1 月 25 日

春天，爱的复苏

穿过森林，走到它的源头
灼热张开轻软的脚，更大的石楠花
从睫毛滚落，水沸腾

柳亭于水中央似花蕊，身体的中心
我从它穿越，木制的火、石的岩浆
此时，如风暴后晴朗的池塘，仍未卸下
它柔软的盔甲

花粉与柳絮的列队，它们是活的
预示着某些事物会降临。无序无形，明亮而散漫
闪光的无重的携舞者
进入褐色，蜂的脊背，并在它巢穴的边缘
制造出蕾丝般的波纹……

2021 年 4 月 10 日

旋涡

我曾是
花朵。当——木、湖、不知名的碎片
缠住脚踝
它不再旋转，一面墙与玻璃背后的雷声
狂暴地经过哪些地方

此时，它呈绿色。像一片午睡的叶子
失去锐角后的闪电
我听见它在耳边，画人鱼、飞鸟
摘来伊奥尼亚海，最深的花蕊

最古老的蓝色叶脊，我多想再次短暂亲吻
玫瑰窗外，光被卷进火焰

2021 年 5 月 18 日

梨白

它不止一次滚下来，它滚落的地方
构成走失于银河的星空
被夜的形象的灵魂指引着

它打结，欲松开的扣
如殉葬的蝴蝶，覆盖并攥紧根茎的肉体

薄雾微雨，我望见
喋喋不休的灯盏后，耸立的绿荫石墙
我顶着光亮走进，依然看不见

也许在我体内，那湿漉漉的
被头顶的洁白感动的黑色枝条

我并不饥饿，而我在变轻，持续
重复而细腻的语言，如一半被甩下的雨水
另一半，充盈解开了那个结
朝着枝干指向的地方……

2021 年 3 月 7 日

绿色是地球的补丁

飘飞的绿植，汹涌着
螃蟹般橙色的汁液
有些爱或渴望，与秋葵的汤汁呼应——

它黏稠、犹豫不决
裹着纷繁的思绪，横空于
厨房、河畔、山麓与纳米比亚平原

路一样荣光
有时，我也会失去纤细之足
微不足道的残缺会恶化

从光滑的、有着地球般凹凸
之美的花纹里
撤走身体的全部重量

在秋葵的内部，肌肤褪色
大地像一块块抽象的脸
她从自身取出，又缝补于自身的创作

2022 年 8 月 20 日

晴朗

我开始爱上栅栏的颜色
竹制的手，掌心处、时光的茧闪着银光
你曾用独特的工具击打她
卵石，雾霾

那么柔，在你体内
力的缠绕，让一条河拥有路的姿势
围拢花坛，一丛丛生命
枝条，颜色，婴儿般神采清晰
因而我得以成母亲

从你的腮边，垂挂的
天真或心酸。为了爱与被爱
你飞出了阴影，在雪落之前

2020 年 12 月 20 日

郁金香

它注满阳光，捧住缎面般丰腴的脸
酒杯缠住拭嘴的丝绸
失踪的蜂以炽烈，温柔地将空气震裂
雨点的仪式

而雨凝滞于玻璃纤维
从身体的内部，吐出金色的丝线
一个灯笼或岛屿的边缘
昔日风声已刷新角落，在管状花朵里
臣服于深渊里的蜜

当白鹤惊飞石头
我望见万根桅杆，摇晃一簇蓬松的云
像被洁白的肌肤，吃掉一半的礼服裙
那低头的告白……

2021 年 3 月 14 日

忍冬

我学会转身。时间踏遍了我
踮着脚尖的弧度
我听见喧哗，从一颗石柱的眼睛

他的手下降，绿色人群的广场
那么多星陨落……灰烬之骨，未采之花
滴入手臂
我是从那儿读到日月，生死与祸福

悲哀的天平在加重，倾斜
像一个人朝圣之路上
扭动而前进的躯体

瓷一样的空气在我们之间
它释放了一双极速的手
而我赢得光阴的慢

2020 年 11 月 13 日

微霜的土地

霜，何时爬上草茎
栖息于心，与容器无法对等的液体
你接住！以土地与土地上崛起的秃枝
我感到虔诚的手，在逼近蝴蝶裂纹的瓶体
它耳廓上流淌的红色汁液

“待在那里或者离开”，你消失于霜径的白桦林
剩余的温暖，我用雪与盐粒雕刻成
小船的龙骨，而血得以永恒

静静地在草地上，是谁囚住那火的境界
卷入他冰凌的眼睛
透过光，神秘的仙境遗骸，你正拄杖走来

2020 年 11 月 21 日

最黑的鸟

最黑的鸟飞回来了：我有理由想你
冷风，将羽毛梳理
一枚会飞翔的坚果
将家园荡漾成一片海……

漩涡里，走出扛着锯齿的父亲
被今年的春，提起
不流血的疼，从树尖开始滴落
描绘

你，站在不远处
某年某日咳血的那一刻
未张开双手，接过绚烂的那朵大花
而震颤，让根与根握紧，搂抱
你在花里

2020 年 3 月 29 日

发现

从沿途的榆树，沙沙作响的苇叶里
与它相遇——将我的心磨成一粒银杏
并镶嵌于一双瘦削的狗的眼睛

我静坐于水中凉亭
陷入一摊缤纷的卷毛
黄蓝绿，它曾经一蹿而过
纷落的枫叶、柳叶、湖水
此时，围筑成秋天的一个窝
一条黑线，从它的鼻沿
下颔到九曲的回肠
没有谁看见！没有

初雪覆盖，单薄而缓慢的金色
从水面倾注，它想挽救
越来越清瘦的眼睛
日落，一辆遗忘的豪华童车
被推入，城市的底片

2020 年 11 月 22 日

布达佩斯渔人堡　2019 年 6 月 16 日

残缺之美

它垂在水里，有时在水面
一只大鸟震动的喧响，催开它的腹部
未再愈合的蝴蝶纹理
从水到水，一个被俘的清瘦的旅程

现在朝一个方向——镜子
当一片片紫绿的荷钱叶
呼来云彩，云雀的歌喙
它摇曳，童话的蘑菇森林出现
而它是一只篮子，挂在云水之谣

但同时，它是铁杆上倒置的灯影
灯蕊熄灭，将持续一整个冬天的下午
直到一双双凤眼，从树的指间滑落
将大地摇摆，安定

2020 年 11 月 28 日

思念是雪

雨在落，你听不见雨声
牧场里一只蜷曲的小麋鹿
我隔岸望你，如望深秋丛林孤单的巢
你疲倦的梦——睡眠里一丝气息的火

我落泪，承载并缓缓吞咽它的凉
屋檐生长，你睡眠的帐篷夏日般拱起
母亲浮着，浮在阴雨的河海
世纪的板块里

我的手掌，被你梦的古老树芽钉着
每一艘穿峡而过的船
从岩石的迷雾显露它苍白的眼睛
噢！小麋鹿，暗礁下的红珊瑚
我因漫漫长夜眺望的一簇火焰
解放为整个大地与海洋

2020 年 11 月 27 日

极简主义

一个抛出去的球，我一生为此萦绕
雾遇到了什么！光？静谧的夜霭里
失眠的冰兰紫烟

我，逃向同一个地方
帐篷般微微鼓起的
月色胸膛
呼啸传自哪里
十一月的海底森林
与土光合作用的洞穴

他的球棒若隐若现，你仍听到击打声
因腐朽而获得翅膀
世界只剩下旋转的白

2020 年 11 月 6 日

达令港的转圈

碧蓝的天空，一个圆环倾斜着
抛向我
我听见传自地底金属滚动的声响

确实在地面，唯一的不被风吹乱的
散开的线团
从记忆里祖母的脚，延伸……

踩上它，不企图编织什么
或被希望织入一张以初浅的目光
欣赏的一幅蓝色图画

达令港的风，如空白而虚无的渲染
总会在一个人的后背与脖颈
抹开棕榈的黑色羽毛

当一只流浪的白鹮，缓步于
腾空而起的白色大理石上
它祈求食物的嘴，是一个“时针”的隐喻

风，谜一样消失

而双腿奔走，寻找家或栖息之地的一个
梦，消失

城市，只剩下隐去其圣像之身的头冠
如此简单地搭上时间唯一的脚
抽象而崇高

2023 年 10 月 28 日

邦迪海滩日落

蓝贻贝复活了，在它们展开蓝月光般的
壳上
以气息的纽带，若隐若离于赖以生存的
凹陷池床

当风、海的潮汐，以史诗般金色的音乐
涌来
聚集的灯熄灭，我们出生时双肘自带的贝壳
突然闭合

或许是我们的身体吞吃、击碎了它
一些出逃不了的沙砾
在托起我们巢穴的风与海浪里
奇妙地消失
仿佛一个灵感。而另一个未知世界的幽灵
月牙儿般流动
温柔地被吸入大地……

一只蓝贻贝复活了
火焰与光亮，从它脊背优美而华丽的生命线上
熠熠驰来

我的脚触到了凉意

秘密—— 一个灼热的泉口
从它体内分泌
为吸附地球岩石而生存的黏浆，释放
我们
作为海草与时间的沙砾冲过去

噢！像海鸥踩上淤泥
我们怀抱的曾认为苦难的世界
如一朵巨型的蓝贻贝，盛开！盛开到极致
日，已匍匐着它
在同一地平线上

2023 年 10 月 30 日

海洋牧场

——克罗纳拉海滩

让手指充满渴求，回到
溪流与一丛丛艰难生长的草

草，如何从血的脉管升起炊烟
溪流，何时在天际宁静为港湾
我的手指在高空租来的
一块玻璃上

光穿透玻璃抵达我
我从屋顶走下悬梯，踩入泥土
这，需要一个世纪，也许两个世纪

一条河，在地表流着
几近凝滞
半片失去它优美弧度的、盐碱地的蓝贻贝
苍白得几乎溃散
是月光下的人间屋顶吗

为何没有炊烟？我们曾在那里群居、拓荒
而一个星球的核心

发出比自燃更恐惧的温度

在克罗纳拉海边，我也有这样的感觉
日，白金般倒入眼睛
狗、冲浪人甚至一只孤零的白鸟
被吸入麦管
黑色的连体服，让人想起澳洲深处
一棵盛开还未转红的沙漠豆

地平线在哪儿？在克罗纳拉海
广袤的荒草丛，我都看不到
而我抚摸着你——傍晚的蓝贻贝

在你缓速吞咽沙砾的出口处
我看见天空与大地只隔一层皮
我们不能揭开
它听从自然的力量

2023 年 11 月 19 日

父亲

浓密的黑发，三七开
黑土壤在灰斗车里，蓬勃跳跃
春日暖阳下的父亲，棱角鲜明

父亲的浪漫，不是油画里飘浮的一层金光
它嶙峋、秩序、立体而方正
是一本剖析黄金分割线的书籍，厚重

我从他怀里钻出，移离于苹果的视线
卷尺般，藏起土地、墙，与时光
海变得浅蓝，一摊触须笔直的蓝草
叫我指给孩子看！而一些心思，在他头顶
伪装得更加灿烂

2020 年 6 月 21 日

就这样走进冬天

闪电的信息，如树叶一样倒流
细成蜘蛛的无数只脚，在我的脑海
听不见风声。路，农舍
宇宙里可触摸的万物的
眼睛，都已隐匿……

我想象，雪地里的最后一只麋鹿
向湖光走去，它永远在走
在火的光辉里，像一个信使
与一个漫游的灵魂
雪不再下！几亿年前
你已在她心上走过

积雪空阔，与燃烧的河流互不缠绵
而所有的故事被带来，安睡，冷或暖
土地与天空，从未如此亲近
在一个人平躺的身上

2020 年 10 月 22 日

奥地利维也纳霍夫堡花园　2019 年 6 月 19 日

夜曲或百合

微雨，两朵移动的百合
吹拂着灯光的种子
我们的头发有时灰，有时紫
旗帜下的拱门，不安的人流过去

夜开始徜徉，在深渊的四壁
啄出水晶、果实。忽明忽暗的银枝
影子脱落、分散，黑色的溪流，擦拭王冠
金色长街上，拥挤的蕨类植物

我的心湿湿的，在谁的指缝里受孕
并上升到一张嘴。鼻尖下
她走动，一座飘逸而朦胧的城
被摘下耳朵

2020 年 10 月 19 日

在山顶

午后艳阳，在山阴的另一幕
是谁在投射！一个终止的故事，突然灿烂
以层叠错落，积木般的平静
抱住一座城盈盈地，含蓄地流动

山道蜿蜒，你燃过的草蛇的烟尘
在一棵树满目疮痍的绿苔里，平息钟声
与一个人内心永恒的风暴

沙漠失去柔性，它从岩缝里矗立
春天里一起走过的那亩田，经声袅袅
苦难的塔，从我心里活过来
并闪起泉的光辉

2020 年 10 月 11 日

七夕

越来越近的两颗星星
再绕地球一周吧
银河“玉体横陈”，更多的支流
从人间蜿蜒而来……
她的乳房微微膨胀，但依然沉睡

别惊动她！这欲拱起的桥梁
及两岸青色的起伏与对称
我们眼底的海岸线
是我们缓缓行进的心跳
与越来越亲的“近”
它吹来指点迷津的风，沁凉

天露开始滴落
男人女人都张开了嘴
树枝般生长为自身的河流
向天际涌去
当你我醒来，一条黎明的床单
正云彩般从手臂滑翔

2019 年 8 月 3 日

一只苹果

一只苹果最初的甘甜
将我们的目光吸引，回到超市陈列架
红色的手推车里
在你的嘴唇，一只苹果
像找到了树根与枝叶
从第一天起，它的种子便掉进
你的手心与胸口

你伸出手臂，一只苹果背对着你
银色的平面，像大街上被眼球
吞掉一个缺口的广告
一个流行的标记！
而我完好无损，躲在树枝里
像手臂从你的身上，疯长……

在你的体内，手与手没有相逢的一天
而世界的每一个瞬间，我们同时会面
嫉妒被咬了一口的苹果吗
当我松开你身体的树枝
那只苹果，会瞬间从你的唇滚落

2019 年 6 月 8 日

打捞一眼水井的阴凉

槐花的黄，落在井里
桂花的香，还藏在肺腑
盘旋的紫红豇，像一些日子
从庇护里拱出，与阳光
只隔一层薄薄的纱

薄纱纹理清晰，被蚕食的绿
舔着午后波浪的沙滩
并从生命里跑出的虫蛹身上
找到乳汁的意义……

今晚的月，很圆很远
你携走了一缕月辉
它轻如飞翔，有时又冷若冰霜
在我睡眠的脚心
如一粒背信的蓖麻子
我感到滑落的凉意

夜深人静，银白的光辉披上倦意
一根缆绳，在轻轻晃动

一些期盼与温柔，正沉甸甸地
从一个银器里
被水汪汪地提上来……

2019 年 9 月 13 日

戴着镣铐的舞蹈

你是我什么人？现在我很安心
河流正蜿蜒，从我睡眠的手指
闪起蜜一样琥珀的光
一个称谓，从锁链锈蚀的
永恒里，解开若有若无的一切

你关上门与网，消失于无垠的荒漠
或在嘈杂的街道商铺邀请我！
我们的房子与钥匙，被蒙上云
参与着风的幻想与游戏
它们渐渐地理解了，空间的“所有”与“唯一”

有时我会怜爱地凝视一个婴儿
一座未成形的建筑花园
一条在更远的远，闪烁的河流
你亦在这凝视里，被无限地缓缓放大
从你眼睛的星光里，我捉到石子的沉坠
在你温柔的手里，它们似一个铃铛……

2019 年 8 月 17 日

香颂

萨格勒布集市的花朵
从脚踝萌生
柔软无刺的吻
如羽毛从脊背生出
沁凉地穿越悬垂的小巷
红伞盛开，五彩的鞋上升
那么有趣，在蓝眼睛的上空
荡起秋千……

书也在摆动，没有玻璃的窗
世界，等你去翻第一页
飘拂而过的风，在黑板上写字
柠檬、车厘子接受雨滴之吻
生出了蓝孔雀的翅膀
遮盖女人的脸……
你，闭目，猫音，斜睨
沉睡多美好

鸡尾酒里的将军
曾经，不被涉及的领域，时光
在此泛起红晕……

2019 年 7 月 7 日

杨柳絮，土里土气的音符

白色的精灵
从夜的五线谱里跳出
一根羽毛上的两只飞鸟
穿梭着若即若离
夕阳下，云深绿影的湖湾
无根的花，闪着金光

我身着你灵魂的外衣
这一层轻，潜藏于一个深沉的躯体
从耳边找寻而来的气流，麻刺的甜蜜
我渴望着挺身
与梦幻的夜云交织
吐出一缕缕黎明的丝线……

当天鹅的翅膀，在你的双手
滚下泪滴
我仿佛听见沙岛散步时神秘的声音
如昔日之梦，被捞起，被火焰包裹
余晖下，白色纤维蜷伏，层叠
从时光的谷底，构筑起金光的巢穴

2019 年 5 月 24 日

傍晚

涟漪，欲滴的桃花，微微蒸腾的岛屿
螃蟹，蜉蝣，更多的飞虫
加进来……铜管的声部，布谷鸟将之拉长
更远

凝视自己，如被投掷的一束秧苗
松开了一根金线，于泡沫里
为阳光塑身！蜉蝣的天堂

而跨过一只巨大的蜉蝣，徘徊于黄昏的过滤器上
梅花、竹影以镂空之美，传达更蓝处
银质的声音

我渐渐失掉自己的火焰，或许在积攒
当脸上的脚，翅翼
化成一面光滑柔软的镜子

2021 年 3 月 28 日

果实坠落的声音

风过凉亭，龙爪槐旋转了几下
鸟鸣清脆，果实之音从半空折回
隐退阳光枝头的花蕊

你从假石身后，拖出一根
斜下的竹影，我望见
春天里一颗颗拔节的心
此时更愿意伏地，听流水虫鸣

凌霄花真美！当秋迈起卡通的步伐
经过她身旁
世界似乎动了一点点胎气……

2019 年 9 月 7 日

为你写首诗

夏夜的湖面上，勾住银鱼的丝线
让我想起哲人的一个证词
忐忑，犹疑
一条鱼，在摩登的城市上空摇晃
是一个亮点！这夜色里摇来摆去的
被刺穿的影子……

浓荫深处的小路
石板一节一节，光滑而清凉
临水而居的白色羽浮子
左心房被叼一下，右心房被叼一下
我，在无边的等待的长梦里
一次次醒来……

浅水处，鱼的生命可爱而透明
灯火，落叶，碎石以及网
是一个情趣世界
“探索”的触角，与水，城市的影子
热烈地拥抱或交谈
而灯火之外，更多的证词
从看不见的时间、空间
朝我们窒息般地涌来……

2019 年 8 月 24 日

奥地利萨尔兹卡默古特哈尔施塔特湖　2019 年 6 月 23 日

鹭鸶

春，从花粉里滚落
鹭鸶摇扇，挑开一盏盏绿灯
朦胧的光晕
濠河水，从我的心上潮起
香水滴落，春天的花
我替一双眼，目送她去水的极乐

鹭鸶扑翅，多迷人的声音！
绿宝石闪起幽光……
记忆如耳坠，在音符里回眸
裙角重返天涯
别回来！鹭鸶
你不仅是竖琴或长笛
也不仅是被绿色的镣铐
时锁时解的明天与希望……

在丰硕的遥远的水之边缘
缤纷的鱼群正游向你
于海洋的花环里，你像一个王
归航……

2019 年 6 月 2 日

夜，时间精致的窗帘

荷塘里的灯已灭，穿过夜色的美人
踏过扁舟，飞入河流丛林的入口
在一根芦苇的空心里
仿佛青春的芒刺，裹挟而来

一节节地铁的站台，圆得像宇宙的光
总会在黎明的出口，消失它的恍惚与神秘
我从胸口升起的云梯，仰视蜂拥而至的面孔
一些影子被绊倒，宇宙更远

思绪，从穿越的空间返回
在一张床上，突然看见
黎明与夜晚的薄片，缝合，裂开
如失眠的一道缝！久违的一个吻
窗帘失去玻璃时，亦失去的内外定义

夜，是还未卸妆的梦游的女人
她妩媚地撩开自己
河流星辰闪烁，草木葳蕤
夜半钟声，如朦胧的绿意，蔓延

2019 年 10 月 2 日

爱一个人，就是塑造美的过程

你还未醒，我坐在这儿等待
一些欢喜想深，但在宇宙的光明里
它将疑惑，你睁开眼时的那一瞬

遇着你，不是一个偶然!
九月的通城，水如梦无边
绿罗裙，荡尽其婀娜
你是否醒来？我在水路迂回穿行，停顿
对一座闪耀着琥珀之光的曲桥
热泪盈盈……

莲蓬的粉，女人的簪子
渐渐失去视力的透明而醒目的
“美”！
此时，在两棵树之间的摇晃里，入梦
弹性的泪开始凹陷，是你吹来的风

我知道，你仍将醒来
夕阳下那一道绿色的栈桥
是融化的碧城，曲曲四十九难后
最后的一抹舒展……

2019 年 9 月 11 日

雷雨

天穹凿开玫瑰花窗
人鱼，史前飞鸟现身
天与地重逢，接吻
五叶花有些孤单
躺在瓷盘的裂痕里
遮掩往事
伤心淤积，天已暗蓝
满城的湖水，沙漠般
揪住落帆的船
玫瑰窗熄灭
天堂的药汁泼下……

2019 年 7 月 2 日

异乡人

手捏住一颗透明的种子
在栈桥边，画一个虚幻的拱门
露珠滚入叶茎，你不会投入
而你催开了紫藤，唤来了风

乐意于叶片上，光滑的攀爬的游戏
所以才那么圆，汇聚了日月的橙与蓝
一个小小的星球，向一个人的深处运行
因而一棵植物诞生，你！夜的生命

站在盛开的时光中，在张开双臂之前
总有沉重的神秘之核，击落！
榆钱叶裹于火焰的旋涡
他——异乡人的手掌
迷人的路径，让她跳舞

2020 年 9 月 5 日

大地就这样承接万物

薄雾渐起，奶牛反刍着对饥饿的思考
如它自身的云朵
在渐行渐远的空旷里
站成一顶帐篷
或一摊闪着银光的积水

沼泽地里的黑水潭，你唤来了风
千层岩眼锁住我，我躺下
树裹着绿色的泪水，旋风般滚过
没有一滴流返于
被肢解的站台与曾摸索的路

雨在落。石子
荷钱叶沉于曲子的中央
我是一头睡了千年的麋鹿
左眼，迷蒙于缓缓扑来的蒸气
右耳，炫舞于金色的噼啪之音

2020 年 11 月 1 日

雨后

情侣们走了，你与她结手的誓言
在另一个人眼里，蘸水作画
想要的，湿答答的，玲珑地沉醉
我的胸口，喝了几瓢水，影子漫溢沈园

一排绿扣子，解开一条水路，有酒香
斑马跃出！她踩过礁石之花
摇摇欲坠的山萝卜
与天边开始闪耀蓝眼的云兔，融合

这个白日，朦胧，鲜嫩而赤裸
许多的脚，钉在水里
影子离开水面，承接，覆盖——
爱了一世的双重画像

2020 年 7 月 6 日

电波深处

风灌进我。你撑开斗篷，黑色
在黄昏的街上
雨在下，身后朦胧的生长的影子
如一棵棵树，我走入它们的队列

曼哈顿的夜晚还未降临，所有的灯
隐藏，等待于你岩石的脸庞
不要摘下眼镜！阴雨的濠河
花白的鸬鹚之音，从苇叶苍茫而飞
历史寂静的源流，从我们身后闪烁

灯火淫雨霏霏，雪花从你发上
曼哈顿棕色的诗篇上，踩过
风有些凛冽，濠河水推开沉寂
高频板上涌动的暗流
如你田埂上古铜色的笑
在异域的长街一瞥，辽阔无边

树在行走，越来越细，湿润而密集
在被雕刻，被赋予音乐。戴上墨镜
按心跳的尺度穿过大街，我们擦肩
我们只在地平线上，窃听

2020 年 11 月 22 日

新娘面纱瀑布

那时，她欲言又止的神情
制造出一丝断层的朦胧

然后，叶片、风、露
轻轻地打在脸颊

又迷雾般
将你变成一片澄蓝的天空
怀胎——十二月星座

宇宙的、岁月的岩石
悬空
谁创造了你，谁将进入你
天使？冰雪？

我听见切割、断落
磨洗……
似乎不再记得什么
而生活，就这样从幽暗里探出脸

约塞米蒂的新娘面纱
从不揭开，将来也不会！

2022 年 7 月 3 日

京都奈良

几根灰蒙蒙的线，穿过街头
三两株粉、白的晚樱
奈良在一个小站，停下了

脸颊的光晕，让蓝草叶、雪雁
宇宙之梦、之尘住进来
最初的少女的青春，从纤巧的瓷器
现身

你听见晚风，清脆的风铃之声
钟鼎悬垂
兴福寺至今未遇。在它的第一重塔下
小心翼翼地行走
像提着记忆里一层层绢布包裹的
便当

泥土的香气，充实地填满她脸颊的光晕
神的器皿，精巧而肃穆
并回归它橘红色火的骨相
温暖的、通往人间的陡峭栅栏

你并未攀登多久
当你意识到，蒸气在胸腔化为美妙的乌云
或突然的虚无
奈良街缓缓移动，分离了——
夕夕相印被称为扶手的
黑檀木

2023 年 9 月 17 日

斯洛文尼亚阿尔卑斯山南麓布莱德湖　2019 年

雨滴串联的思绪

凝视—— 一尊扁平之瓷
救赎或另一类飞翔
菰蒲浓密地植入沿岸
天空，柔和地敞开一条河道
我在世界的屋檐下行走

雨，被时间的小口接住
雨，于命运的曲面，丰满着它的脊线
雨，为空洞或空间，展开它——
皿的美学

噢！拨动。梦幻世界的底座

2023 年 7 月 25 日

消失的主题

这里，是我的晚年
我脊背的弧度将不那么残忍
戴着万寿菊的黄，从冬青树下柔和而出

厌恶这设想，渴望一个主题
“惊喜、巧克力、担忧、漫长的失去
情绪价值的一个契约”

有船过来，红色！在灰蒙蒙的江面
很长一段时间，我没穿那双红色的高跟鞋
红色的、秀长的皮带
我身体的一部分涨潮了。但与江水不同
你不会用尺寸、厘米
形容闸门下奔放而出的激流

我出生时的重量，以克计量
那船像“一”
红色的、时尚的、干净利落的“一”
噢！我穿红色连衣裙在黑板上写下的“一”
我扎麻花辫，母亲手里结结实实的“一”
我父母载我去祭拜一山一城一人的“一”

有一件事：令人震惊。我将“一”从轴心拆离
像这红色的船——
黎明时照拂我脸颊的第一根光线

淫雨霏霏。码头的轮椅在被造就，但没有老人
木、浓密的绿色
有忧虑的情绪，像一块未被安顿的海绵
在雨里发泡……

2023 年 6 月 24 日

滨江

雨下之前，像一块沉默的
被清产的铁
从大地深处，传来强健的、平缓之声的

一块缝纫钢板

当苇叶竖起了耳朵，细如蚊蝇的飞虫
穿过季节的白色网膜

你像捡起蝉蜕一样，心生——对命运
秘密的、不见雏形的敬畏
耳朵，生命的网状细流
会回到这里。安静
亦如一匹贝多芬的钢琴刺绣

雨，轻盈地洒落几秒，不易察觉地
从他的发沿沉入大地。定是触到了什么
一阵匍匐的喧响……

废墟的纺线，弥漫天际
纺头击落江面

何为生存？它依稀懂得
像我无法预测——滨江移动或静止的
航日

2023 年 7 月 2 日

信或不信

未曾有一场暴风雨
为一场隐隐而来的风暴
下跪。像一次虔诚的表现，而非理解

当我在一个风暴的中心
被一块柔软的鸡血石包裹，我失去了
人作为生灵
对黑暗骤然而至的恐惧

与恐慌相对等的鸡心石一样的沉坠
从脖颈上取下，小而又小的体积
父亲在身边。我确认
我们刚被一场平原之洪流，浸没

我们下跪。不为祈祷
是所见之物与心灵的一种呼应
血色之空旷、尖峭之冷檐
在一面墙外，我不羞于承认一知半解的经忏
将我恍惚成一道殿廊……

我坠落在脚下
胸前悬垂的玉石护符，山一样安顿在
我的呼吸里

暴风雨未来，我们下跪

2023 年 3 月 12 日

经忏

你将身，藏于银色的梓树
我向你的道袍靠近—— 一度讨厌的墙
听见了人群的经忏

蔓长春脱尽了叶子——唯一向下的
融入了石与砂的灰

它跟随你，轻盈于裂缝之上
当它幻想自己是空气与雨的时候
你离开了

细细地，在蜿蜒的山道里
一缕金粉，终“绕”到原
我拾起，一粒梓树的种子
从苍苔里……

2023 年 1 月 27 日

开纳公寓

“捧一碗乌油油、紫红夹墨绿的苋菜
天光下过街”

到达时，天已暮霭
一个穿着开襟毛衫、头发蓬松的女人
低出烟口

这不是界碑！一只鸟飞离时
它艰难、脆弱的腹线
仍直挺挺地、孤傲地立在我面前

生活的方格里，影子、金属声
矮下去几截
有人在选择、雕琢
像一个个中古店，总有什么缘由
开在繁华道路的尽头

更像是命运的起点，一切光溜溜
秋夜反射的晕黄的光
又盘缠在赭红与鹅黄墙头的线路上

是她！枝缠藤绕的她在回来
在转绿，一大块一大块地……
在柔软，虽不及
春天里蒜瓣上染成的粉红

2022 年 11 月 28 日

独坐

你从林中回来。一面面白墙
放映鸟鸣，山外机器的轰鸣……
我乐意接受这些噪音。像一个半径，无限滚动
而它的中心，是雨点，是纷乱的脚步
挤压出的一个铅锤似的魂灵

与水滴相反，它将世界的屋顶，总筑在河流里
当人们仰起脸，痴迷于水的波纹，大小的圆
以及站在巨鲸唇齿上的你。我开始沉着
深情地望向——那深入腹部的象牙雪梯

我望见，相逢离开，又相逢
我乐意站在一个错觉的视角，恪守为呼吸
而被梦幻的泡，携卷的生之谜
而窗外真实的日落，将一张涂满凝胶的脸
撕下
神秘地平铺于菱形分割线
—— 一条运载死亡与生存的轨道！

2020 年 11 月 5 日

圣淘沙岛

打开视野这版画，触到了
棕榈树。只剩下棕榈，光溜溜地
敞着几根羽毛

透过它剪影下，匍匐的一切
时间似乎停止了
在你想移动它之前

在那里，羽毛颤动了一下，留下车辙
缓慢的、抽象的心事，如同睡眠
漂浮——蓝的更幽处

没有风，岛渐行渐远
你从水彩里起身
踩着了梦的分界线，那突然松软下来的
尘土的人间

2022 年 2 月 25 日

斯洛文尼亚布莱德湖湖心小岛　2019 年 6 月 21 日

河

（一）

从蒲扇的清香，睁开惺忪的眼睛
蝉鸣，此起彼伏，是你扇来的七月的风
凉意从石桥、榉树的额头，泛起银色的光辉

夜，还未降临。锡剧传来，灯笼的游船
拉开苍鹭的序幕
两片白帆，收拢，头朝向河流的方向
身体内，一触即发的粉色按钮

那时的船，灰白。咕咕作响的鸽子
拨开芦苇、再力草。直至绿荫植入脊骨
直至腹，千疮百孔
一条历史之河从城外绕回，流入农庄
竹篙撑起半世的涟漪……

我想你了！
在船头荡漾的泡沫与叶片的击打声里
当红色的木桥，伴随着萨克斯管乐，穿行我
我感到额头被一双虔诚的手，触摸

像桥的典故，你的唇，我如此熟悉
丰满的翘度，笼罩着一层薄薄的翡翠之纱
穆斯林圆顶建筑，镶嵌于头冠
脸吻向白鹅
羞涩，从丰盈的脖颈啄出
如生命之草被苍鹭衔着飞往唯一的地方……

2021年6月20日

（二）

而它们不是唯一。像人类对宝石的热爱
白鹭又飞下来，在两岸的丛林间，寻觅着……
我在船上，出神地望着树缝里突然扩大的光斑
在闪光的节奏里，我亦如轻盈的火焰
隐入湿雾凝重的夜

夹竹桃落在面颊，云杉般汗流
我怀疑走进另一个梦境。攀爬，落下
每一次执拗向前的力，都会让海的入口宽广一次
云杉更加繁茂

就在刚才，你与云团般暴动的力相遇
河流，家园积木般消失
四周的瀑布，将你封锁于巴掌大的绿巢
真怕一只野兽闯进这透明的无人居所

当你感到清新的凉，滴落
黑瓦白墙已从比早晨稀薄了几分的
岚烟里隐现
如果不是往来的货轮，你会怀疑蓝色的海平线
已从银箔的厚重里，停止浪漫

替代它微澜的，是山峦的西坡
吮够了乳汁的苹果花抑或夹竹桃
一路摇颤的脊线
与渐渐露出一条淡薄金线的江边
互相传达着什么……

云雾又一次漫卷
我想象雨将再一次俯冲而下
在浓荫的山谷，危崖的六角亭，被手承接
蒲扇般，扇开经声袅袅的支云塔
而此时，它如云烟那般轻，我一生的饥渴
都是循着它——乳头下蜿蜒的血脉
与鱼群、白鹭相融

明亮点燃我。布谷，蛙鸣是欢愉的火花
在乌鸦的脚印下，我竟也生出柔软的骨
一片象形的叶，将抵达夜晚并光芒四射……

2021 年 6 月 27 日

（三）

它吹在脖子上，确切地说，是饱含明月
在雨水丰沛的肌肤上
唤醒了，被历史洪流所忽略的一双眼睛

运河之外，黄浦江之隔
一个理所当然的尊享之地

你网状的水系灵魂，流向远古
你太重了，无法被一只手掌承托
而我听到春蚕吐丝般浩瀚的雨
从晚清流到民国
“大生”！你是我故乡的铁
即便锈迹斑斑的今天
仍然以“丝绸”的柔滑，矗立喧哗的世界之巅

人类啊！你躺下来时，便回到流水的码头
微澜顺着每一个生命的纹理
唤出温柔的另一半
而你的美，并非来自倒影
蝉鸣，拉长丝缕的光线，鱼儿跃向鱼钩
沉下的炊烟，又一次从心底涌起
朝向一束明晃晃的光……

我无数次观看支云塔破茧而出的壮观
无数次经历望梅止渴的信仰
纱，码头，云，海，像一位英雄的卸甲之地
像一位母亲抖开了远大于肉身的神秘之纱
史诗般跪乳于一个历史的开篇
一个民族命脉的端口

你懂得自身被赋予的位置。那么年轻
不染尘埃的琥珀之光，与历代博物馆珠算
敲击出清脆的秩序之音
没有纵欲
一夜浓郁的松柏，如安静的棋局
在蓝白的天空下，围成了一座座圆

我绕你而行。游泳的黑发少年
正泗泳苍鹭……
无垠之上，之下，梦睁开了眼睛

2021 年 7 月 3 日

石榴

对它充盈的想象，逊色于它本身
于视觉，红！助它一臂之力
箭矢从宇宙的黑暗中来……
在花岗石大门的光线里，翻涌，回旋

这里，布满味蕾的空间，无限放大
每一颗光源，影射着生活的重叠，飞溅
与异质的依存
如瓷与血，木与钢。盔甲的时代，篝火绵延

投奔于战争，我品尝了一朵花的青春
仿佛耶稣从玻璃中，走来
也许，没那么神秘。是苍白的时光之唇
重被那石榴的信号，俘获！

2020 年 8 月 16 日

日子

从你黑眼眸的汤匙，流下来
挂在腮边的一道流痕
雪的窸窣，响过深涧、峡谷
谁，将你的胸膛，架在带刺的阶梯上

掀掉它！你的笑与一颗黑子，失去了
动人的缠绵
那僵硬的、痛苦的、垂挂的、受孕的溪流
你拿它，像取走一根银针
在直立的大海上，忽明忽暗……
雪花喂你，从它蓝色的根部

你尝到夏日的甜，封锁的透明的山峦本性
在舌尖里融化
虚构的冷，两色怒言，为寻觅终结
挽手至最高点。虚无的宫殿
似沉下去的月色，万物皆白

2020 年 8 月 16 日

雨过村庄

老钟表合上音盖，白墙上的紧身衣
渗出清香的汗渍
有谁？从漫长的空无之中，狂奔而过
她开始，在花木窗格下瞌睡

原封不动的絮语，回到一条河
一个车厢打开时，一个人抬头的一瞬
那是一个想象？不！他一直住在书里
还未翻开的一片胸襟
当黯然出神的眼睛，被一段红雨的描述点燃
有血从身上，星辰般袭来

她换上细尖的高跟鞋，沿着石壁
将自己—— 一个村庄的女儿
一颗浅绯水珠里的城堡，打上来
多年来似乎变硬变暗的事物
击出清澈美妙的回音

2020 年 5 月 5 日

珍珠——献母亲

一户人家，悬于水中央
用探寻的眼睛，读一读，太阳与心的轨迹
一丝发绺儿，装满湖水
是母亲刚从晨里回来，从岛屿回来

我们搂着她的脖子，沿着乳房、大腿
发出滑翔沙丘时的呼啸——
母亲的手，有棉线般的柔软与绵长
她围拢住湖水，拖延着夜色
无数的小月亮，便纷落雪堡，与草色为伴
与粉屑为伴

我们朝那儿张望，望不见岔口，忘记何时何地
走出了那生命之圈
仿佛水经历了一场嬗变的火
仿佛山谷合拢，母亲石翼般敞开

2020 年 7 月 5 日

自饮

光环之上，翠绿，绵长
一路湿润槐花的金黄
一座池城播下的谷粒，拂过喧嚣
酩酊中，吐出一片月色与瓦蓝

猫的天空之城，从你掌心苏醒，盛开
六瓣梅的窗口，飘来焦糊的人间烟气
我列队，如姑苏里的灯笼，穿越——
嫣红的长街……

黑暗里，你手指的栅栏
捕捉到风，捕捉到赋
一滴击穿岁月的水滴，从喉管幽幽沁入

2020 年 5 月 11 日

母亲

母亲的佛，吱呀——从樟木里探出头
丹参的郁香，随佛的滑翔、跳跃
捻出膝上土黄的绒线……

午后，母亲与母亲，拉紧对角
将故乡从头到脚，纺织了一遍
而今，我只看到一个粉刷的白影

软骨的佛，变得安静
眼睛里住满月光，虔诚地接过
母亲身上褪下的辣椒红
几根鱼骨……

2020 年 4 月 10 日

中央公园

它吃松子，毛茸茸的。舔我的手
它像扭曲的倒影，不再闪动
沉在湖水里……

失恋的人都从这儿穿过，他们更古板了
守着一块牢牢的补丁
在胸口

胸口也有四季。补丁传递
中空绗缝的蓬松与温暖

一棵树说，在春天要像路一样倒下
你被风吹走，我亦吹走
绵延起伏的加州山脉，似乎成了我的一部分

我就要躺在那里
不被什么环绕……

2022 年 4 月 20 日

捷克首都布拉格天文钟　2019 年 6 月 25 日

快乐的科学

越来越快乐。每种理论、每首诗
都不比这球，持续的时间长

如果我不以圆规的定点，调节它的尺码
如果我不在掉落的点
设一根障碍线……

我不想吹灭你，或试图
幻化你。像跷跷板之外的游戏
突破了简单与粗糙

你隐身于时间断裂的曲线
制造出空气一样的玫瑰花圈
带着比水流更轻盈、清澈的旋舞

所以，你不存在“病痛、枯萎”的生物学问题
而你确是一个“生命学”问题！
欲陨落、飞扬、分裂

噢！别当心。我将拿下我魔术师的礼帽
微笑着，摊开它的空间——
几个微妙而简单的数字

2022 年 2 月 25 日

开关

气温上升，光推开玻璃
你的身体，亮成不锈钢廊柱
谁在击打？隔着一层棉絮的软

薄雾被点燃，追随不知名的虫子
从花盆到树根，远处的冰河
在群鸟的聒噪里
纺成一根根盲眼的线

无序！像一个巢的具体
而外观如钟锤与太阳
可测，永恒

2021 年 1 月 30 日

驻足

它袒露平庸的腹，拄杖人向广场四落
鱼水的粼光，从脊背跑出
一条铜绿色的河……

在篱笆内蜿蜒，五百年的银杏树里
隐居。父亲，儿子，从未见过的姥爷
我穿过，从那或沉睡或摇晃的木椅

昨夜子弹缤纷。此时一切轻如羽毛
鱼骨般秩序，河面亦温暖
在市场的中央，我成为一个
成为三个……
一串，一点，火焰

2021 年 1 月 5 日

坐标

更雾
明亮的事物，是红唇
是与自己相隔了一个元宇宙的
肌肤

你哼着五线谱，跃迁于西湖长堤
太阳——这永恒的标记
会像一块囊括了山水与历史的织锦
在灰蒙蒙的雾里
还原一根根昔日路径

现在，你以咽喉献媚于它
不知为何今日、此刻
你会坐在烟雾迷蒙的西湖长堤的木椅上
像一个不存在的标志

天空放下翅膀，疑是风，不是！
是每晚经过的西泠印象的长街
它有时是零，有时是极限

在淅淅沥沥的雨里……

2022 年 12 月 18 日

雾

我醒了，朝一条路
一个未被命名的事物，走去

像影子
携着一丝氤氲的洁白盛开
像渐趋模糊的、莫奈手里的
一滴水

我看见花了。多像苹果花，越来越浓
当倒影越发清澈、朦胧
带着光谱的色彩

我看见了，一座漂浮的岛屿
或许也不是。它只是柔软如花
只是倒影朦胧
只是有一根烟囱，缓缓地吐着灰色的烟圈

我被裹住，被一个伟大梦幻
和一块不明其质的现实的燃料

万物皆为点、颗粒，未被命名
越来越紧密地排列着
拆散着……

2022 年 7 月 21 日

逃离亚卡拉

陨石、拳头、充气衣汩汩的声响
浪，滚过来
看不清一张密谋的脸
银勺般熔化，吞入颗粒
一条粗粝而闪光的隧道

我记得那眼神！如何纵身飞跃
在海水里攀爬
延伸、交融……
我终于弯下腰来。为一个民族或一个人
不作为主题，而作为事实呈现的
一个悬案

当银色的水塔，在它漆黑的脊背
熠熠——如生的战鼓
我怀着更多的温情，接近了鸟粪、铁锈
栅栏、水碗、毛巾、苍蝇
那个气息横陈的世界

我似乎读懂了一块陨石
它腹内衍生的奇迹

“哐！”我听见风滚落的声音，瞬息
浩瀚般静谧……

我就站在它逃往的地方，并不比憧憬更多
佝偻着，直到——
它作为一条法律废止

2022 年 5 月 26 日

将军树

格兰特将军，被国家授予
一级勋章
在士兵们面前，身体凸显肌腱

“是位置，而不是年龄！”
他谦逊而无限忠诚地
向他的士兵，讲析一张地图

我被他发间斑驳的光
吸引。休姆湖从他的肩膀溢出

在内华达山脉的西坡
小径蜿蜒，穿过夏季的森林和草地

他忆起夏洛伊战役
里士满战役的河流……
胸膛，更宽了

格兰特将军是一株美洲红杉
直径十二米
大约在一千七百年前诞生

2022 年 7 月 19 日

银杏黄

深秋的银杏叶，葱黄
在果实离开枝头之际
给予秋时光的倒叙……

女人的手背，很轻
交错的静脉
流溢着植物的香气
参，茸芪，玫瑰……

阳光温柔曲膝
在午后的茶林，花园
卧房……
从回望的一角
波纹般青色的瓦楞上
一丛绿，离开土
悄悄地生长……

虽然有一些病，会来
失眠，悲伤
隐藏在银杏黄里的干涸
亦会在秋雨的流淌里

停止吮吸……

你从光秃秃的木阶上
沉着地攀行
一盏灯，在木阶的高处
春的窗口
刹那！点亮了河山与丘陵

啊！女人的手！
高挑，微凉
隐藏于绒袖里的
一生脂香的暖
银杏黄，春天里的蜂蜜
光明般的朦胧！
隐隐地，透露着
春的方向
与一个事物的过程……

2018 年 11 月 25 日

倾斜

金色的光缕
从黑色云朵的心的空洞处
倾泻……

机翼倾斜
一双陶醉的翅膀
在你的手心里
离开地球，亲人
繁忙的活泼的昨日

你的手，旋转的希冀里
心的左房，腾空
抵达，那无望超度的
华贵的气派
——金光万丈

心的右翼，下坠
在灰色气流的坡面上
孤独透明的冰川里
俯瞰
——海的归宿

你带给我
撕裂般的惊喜
不平衡的惊喜
片刻，惊惶
但绝对的安全！

一个飞翔的梦，不复动弹地
被轻轻地按在座位
灰色的系带里
我欲睡
朦朦胧胧地望见
在地球的站台上
你提前了一个小时
站在那里……

我并不认识你！

2018年8月15日

黑

黑，在我左边
亦在我右边
我感觉不到她们的存在
也许与黑暗过于亲近
黑暗里的光，投向我
我如此荣幸

当一只手
向梦的边缘延伸
竟碰触到牙齿的光亮

我并不是一个人坐着
或站着
我们在一起前行
在一架小小的飞机上
安静里
竟感觉不出，出发与到达
有太多的意义……

没有意义，也需存在
就像笑容

灿烂地留在异乡
浅浅的波澜上……
每一次起落与飞翔
在白色、黑色、棕色
与黄色的花朵里
芙蓉般升起

每一件事物的存在
她们并不关注
所以才那样自由!
自由的花，开放
我仍在镜子里

自由的虚幻的边缘
让脸生机地一晃而过……

2018 年 8 月 2 日

俄罗斯圣彼得堡涅瓦河上的游轮　2018 年 4 月 24 日

红帆的传说

焦虑如水，从鱼的翼翅
光滑地分离
彩色的水，又一次汇合
弥漫
在鱼尾处，欢腾地站立……

幻想的唇，如帆
一片片，在海的上空
等待着风、雨
或许是玫瑰色的闪电

留在这大海之上吧！
你来过，我来过
星星也来过……
古塔的灯
它惨淡的落寞的眼神
也因一时的欢欣
而兴奋！

我的脚步
喜欢这红色的火焰

荣耀的舞鞋，将自豪地
舒展于你的肋骨之上
我习惯于在你的胸膛，站立
我的自由，因你敞开的手掌
而更加挺立！

你不会落帆的！黑色的夜啊
每一层波浪，每一层波浪
将你拉进黎明的
新的拱门……
我的唇，后退
不断地后退
如一个边界
如海的两岸……

幻想的火焰啊
它失去自律，在风里
膨胀，弥漫着
闪烁的星辰在起誓
虔诚的晚祷在起誓
宝剑与正义
贫穷与富裕
等待与希望
在起誓……

留在这大海之上吧！

我的耳朵，喜欢这红色的喧响
我的脚步，喜欢这弥漫的火焰
因为我是白色的，像月
因为你是黑色的，像夜！
而白昼，将那么长
那么长……

2018 年 6 月 24 日

雨——写给奶奶

水，注入童年的嘴唇
它，撇开色彩、甜味
食欲的泡沫
微澜般，穿过
童年的声音的管道
我俯身
宛如回到并不十分宁静的
院落

雨，缓缓地落下
它，离开风、雷
湍急的浪花
静静地，湿润着
午睡时孩子们的发丝
奇妙的鲜红的色彩
花儿般，开放于院外的
晾衣绳上……

蒲扇，缓缓敞开
在我面前
一个圆圆的清香世界

啊，奶奶！当你起身
我渴望，钻入
那一滩白色的芦苇花
你在傍晚，寻找我
如同捕捉
一只黑色的喜鹊

现在
她乖乖地被送到你手里
与你一起起身
与你一起倒下
每一个黎明，都被你
紧紧地
抓在春天的粽叶里

黎明，多么美好！
奶奶！现在，你输了
在一串紫色的葡萄前
我先于你
触到玛瑙、纽扣
先于你
找到它们安放的位置

奶奶！现在，你赢了
每一滴水，每一珠雨
都向你倾注……

清澈、晶莹
如天上淡蓝的月亮河
天鹅湖

我着迷地望着
她睡眠时
渐渐松开的翅膀……

2018 年 5 月 20 日

指甲花

玻璃杯前
光艳，如一个嘴唇
隔着透明的障碍
梦想，欲解放它银勺的脚
舞蹈不停……

在一个玻璃宫内
空气如水
落花的香气，融进
每一个水分子
水之旅，盛开，分裂
欲穿越
珍珠与泡沫的时代花环

光的恩典里
为你，扶持
一株会呼吸的红艳！
以居室里
一面镜子的反射
以遥远的土壤里
一颗石的闪光……

尽管我无法
递到你的面前
但在每一日相同的时辰
手掌，总会仪式般
如期展开……

2018 年 5 月 13 日

四月的花

四月的花
流进绿色的血液
我，在海洋的另一边旋转

一个地方离我远了
一个地方离我近了
但它们总是在循环
我，成了它们结亲的
风媒花……

四月的花，不再孤单
它温暖成血色的雨
炙热地
从绿色的脊背上，流淌

我，是它们入注的母亲
一个等待的口
从北冰洋到印度洋
绽放出粼光闪闪的
生命之花……

四月花啊
我不再为你，一路奔波
我将你拥在怀里
像一个圆周的心

四月花啊，
离我远些，再远些
但请绕我旋转！
我是你南极的眼睛
我是你北极的心

地球的边缘，一朵幸福的花儿啊
它在旋转，在我的胸前

我们的生活
才刚刚开始
旋转吧！四月花
但别忘了放慢脚步
只稍让我看一看
你眼里唯一的闪耀的光！

2018 年 5 月 6 日

谢尔盖圣三一教堂

起风了，风承载着我
悠悠欲坠……
我去过那个地方吗？
一切很浅
尖顶深处的幽蓝，无尽
晴朗的太阳，炫目
我急于向你表白

我昏昏欲睡
以灿烂的笑容，迎接阳光
却俘虏于阳光
它，被一种幽蓝镇压
钟声，从耳边穿过
回到蓝色的幽深之处……
我未曾动人地表白

这是一次旅行！
每一个步伐
都跟随着你的影子
甚至我的眼睛
呼吸与心跳……

历史的荣辱尊贵
遥远而庞大
我眼眸里最闪耀的亮点
已黯然失色……

这里，神圣般庄严
自言自语，又仿佛无声
金属的幽光与声响
将我包围
向前，向后，向上，而下
所有道路，隐匿
十字的金光，恍惚地
迎来陌生的世界
我看不懂一些痕迹
未曾祈祷……

谁，在点燃暗淡的墙壁上
那一支蜡烛？
黑袍下的一双眼睛
让我畏惧
仿佛你伸出了手
我便跟了你去……
一个巫术的世界
我昏昏欲睡，在一个魔界里

仰望天空

幽蓝的魔毯，严实
无边无际
就在头顶！
我恍惚地，走不出它的开始
与终结……

2018 年 5 月 5 日

俄罗斯圣彼得堡涅瓦河畔　2018 年 4 月 24 日

我站在涅瓦河上

我站在梦的边缘，遥望
蓝色的水
风里飘动的蔚蓝的丝绸
轻轻地滑过指尖、发丝
将一颗愉悦而颤抖的心
揉碎在
远处尖塔的浮影里……

我记得这条河的名字
就像一位诗人眼里
闪烁的圆顶的金光
我听过这条河的故事
就像一群天鹅，轻轻地
翱翔于蓝色的湖面……

我从未见过的蓝
幽深，纯净，而昂贵
哦！北方！蓝色的诞生地！
蓝色的水，蓝色的天空
蓝色的眼眸

波罗的海湾的太阳
还未燃烧
却已将它迷人的绚烂的
吻
遍布发丝、羽毛
风亦畏缩
音符般，美妙动人地
潜入蓝色的水波……

哦！涅瓦河畔
金色塔尖的火焰啊
一回眸，你已被庄严的蔚蓝
锁住
一凝神，你亦被虔诚的钟声
震颤

哦！涅瓦河畔的航船啊
轻轻地闭上眼
我已在半个世界之外……

2018 年 4 月 29 日

吐息

让我开得再璀璨些！
让我开得再璀璨些！
笑靥，星星点
掉落……
在草地上舞蹈
蝶儿，迷醉！
亦掉落……
为那香，为那色！

它想做那绿色上的
花瓣了
它想做那粉色的精灵了
风过时
一棵棵树的眼睛
闪亮
兰花般叶的手指
丰润，光艳

风又过时
白色的、碎小的花絮
从怀里放飞

是花的眸子
是幼蝶的翅膀
是释放的心哪……

昨夜雨盛
一条条小径，如雨后脊背
蜿蜒入草丛
在河边俯卧，休憩
它欲起航了！
它欲起航了！
为那无穷无尽的
繁枝密叶
为那欢舞终日的
璀璨花朵

春意
从琉璃的飞檐
叶的眼睛
花儿光洁的前额
闪闪亮亮地
围绕而来……

我的爱，喧哗！
闭上眼
风卷尽尘埃

万千粉黛绽放
睁开眼
一汪泉水
千万花瓣
与飞沫共吻……

2018 年 4 月 7 日

雨中俏

新绿，在雨水里诞生
她拨开母亲的旧色
探出鹅黄、柔嫩
簇拥起满天的繁星
一颗颗粉、白的星
将她的笑
抖落于翡翠的水面……

雨的音符，跳跃
流淌，开花
涓涓，晶莹
鸟儿欢快于湿的羽翼
花蕊的吻，青草的吻
从它的羽翼滑落
欢腾地
又交还给大地……

沸腾的季节升起
一个个旋涡
恍惚地
化为风，化为雨

我的血液，低沉
碎风里
一片片殷红、粉白
执着而孤傲
又淡淡地
在潮湿的水光里
欣赏她未来的影子……

2018 年 4 月 5 日

女人花

粉白的花，离我很近
另一个渴望的女人
倚靠着褐色的背脊
拨弄着绿色的帘篷

一夜之星，数不清
粉白地灿烂于屋顶
树梢，河塘……

花开的时候
摸不着果实的乳房
一层又一层
随春风，兴澜不尽
赛过蜻蜓的薄翼
花蝶的翅膀
翻飞着，欲离不弃
美人般，斜倚于篱墙

我走在春天的
初景里
经过去年的那株树

它还未盛开！
大枝，小枝，枝枝覆盖
如麋鹿的角，轻触
从天外垂下的柳条
前欢杳杳，后会悠悠……

我奇妙地发现
光的升起，在河滩竹脚
薄薄缭绕的烟雾里
光的走动，在竹节
笔直，翠绿的胸膛上

我的心，一寸又一寸
是一颗女子的心！
除了春景，还是春景……

2018 年 3 月 31 日

新春的约会

阳光
如新春里的第一盏灯
点亮蚕花的眼睛
荠菜的眼睛
桂树的眼睛
春天里的花，星星点点
隐秘在尘土里
时光摇曳的空缺里

隔着窗，欣赏平原上
无比辽阔而浓郁的幽会
翡翠与阳光的幽会
树冠与心的幽会
翅膀与白云的幽会

母亲弯腰在麦地里
与春的绣毯
凝聚成一个整体!

我的心，珍惜这休憩时
短暂的欢欣

闭上眼
我是屋楣中盛开的红莲
门帘下悬垂的耳坠
风走过时蓬勃的疆界……
睁开眼
我便是家的画框
母亲的田园
头顶上，慢慢滑行的金色光线……

这是我与母亲的约会
无言！唯色彩！
玉兰花般的洁白
火焰般的红莲
曾被乡村的雾
模模糊糊淡下去了
又隐隐约约浮上来的
门扉的镂空之花……

那若隐若现的
春的冷僻与暖意

2018 年 2 月 17 日

奥地利萨尔兹卡默古特哈尔施塔特湖　2019 年 6 月 23 日

缤纷的雪

它，描绘着窗的图案
以缤纷浪漫的舞姿
吸引我展开手掌
等待它们降落成花……

南方的雪，娇嫩
闭上眼睛，便泪水晶莹
消融在我的手掌上
睫毛上……

风来的时候
轻柔的身姿，羞怯地翻卷一下
便划过我手掌的边缘
向更深、更低的世界
覆盖与隐藏

南方的雪，妩媚
半裸，半敞
像裙裾与贝雷帽
穿在树枝上，戴在绿叶上
大地缓缓上升

欲离开河流
与黑色的行人之路

我在雪之上，不见了
往昔让我凝眸专注的
一些事物……
满是雪花的绿枝
晃晃悠悠
似乎想抖落身上多余的
白与冷
风止，又温顺地
栖息于雪花的旋涡

我，是缤纷细碎的小雪花
多年不见
在母亲的棉床之上……
我，是所有事物孕育、诞生的
魂灵
偶然地
降落在你的手臂上
与沟壑里……

2018 年 1 月 27 日

融雪

一帘幽梦下的
阡陌，旷野
在车轮旋转般的睡眠里
浸湿了眉梢
浸乱了发髻

雪，消失着它鼻翼
与衣领的外状
原野复苏，敞开
蓝色的水，滴落……

浆果般的唇，棕红色的指甲花
在冰水里荡漾
漂浮起
失踪的秘密之花

红樱草，早于二月
与雪赴约
雪来无声，丝丝暗香
轻盈，欢欣，纤尘不染
雪去亦无声，幽幽星光

隐匿，明暗，相融且消失……

模糊地，我听见雪水的声音
南极冰裂移动的幻影
黑色的土壤，复苏，更黑！
万物的尸体，复活喘息
植物的脚，鸟的羽翼
在冰水里，窃窃私语
潜伏着
空虚后热情的生命之美！

雪融无声
如月光倾泻，阴影疏浅
是我们的眼睛
雪融有声
如溪水流淌，喷泉绽放
是我们的心

2018 年 1 月 28 日

忙碌的父亲

一只苹果在空中画出
美丽的弧线

我与弟弟欢快地追逐
那是父亲抛出的
童年时生活的诱饵……
追逐累了，像苹果蹲下
两个晃悠悠的箩筐
在父亲的肩头！

现在父亲的脸，有些圆润，有些红色
更有阳光风雨的瘢痕
像一只枝头掉落的苹果
在两地之间，仍滚来滚去……

2019 年 4 月 30 日

花上树

一片片花海
温柔地荡起
粉白、淡紫的旋涡……
我抱住树
如倚一根桅杆

合上眼，我便是阳光
在树顶小憩
叶随风喧哗，我的百褶裙
飞扬！
它快触到你的手臂了！
像一张帆……

我喜欢侧身
这样，风会顺着耳边发丝
鱼群般光滑地倾斜
我感到树，在移动
像一只巨轮
或一只小船……

2019 年 4 月 6 日

清明

向日葵是我内心的低垂
是我的脸。它转向清明的时候
走动的时光
在一座秘密花园里相遇……

昨日在桥的这端
目送另一个繁华走了
夜半醒来，那个世界就在隔壁
它在敲打我的门
它想告诉我尘世的隐秘

紫藤缠绕的拱门深处
远去的亲人们在天堂聚会，行酒令
神秘而悠远的空气
吐着柳树与菩提的风味
吐着泥土与河水的气息

登高望远，忧伤是艾叶唯一的记忆

2019 年 4 月 3 日

影子——万圣节

一尾尾古怪的帆
在街上行走
没有人认识！

我从火的面具里
望见婴儿橘红的憨笑
亦望见白色的抑郁的额头
它们开始练习说话
——以另一种灵魂的姿态
我们被一种假象，迷惑着……

帆，热闹得开始摇晃
黑色中，有时会滚出一个头颅
有时会伸出一只手
我跌倒
在一个特别的世界里
长着肉体与灵魂的风
将我扶起，并与光说话……

天使也来了，蝙蝠的风衣
温情地围绕她

2019 年 3 月 30 日

念

春的火焰，微微地燃起
你灵魂里沉睡的东西
在夜——蓝色的丝绒毯里
自由地松开

它在沉睡，但已开始
缓缓地流动了……
翻身时，打起了涟漪
蓝色的丝绒花啊
你的双腿立在河流里的
两个漩涡
将从我的脸庞，升上天空
一次垂直的并不弯曲的旅行

我是春天里的一粒火星
点燃于你空空的松开的
手掌……
而一个洲的繁荣，一片洋的港湾
静静地在线之外
已许多年

2019 年 3 月 16 日

雪

你，飘在窗外，轻盈的美
半空中，与梦相撞相随……
我从窗口，枝上的一半朵
红里
望见你苍白的笑
一个含蓄的酒窝……

临水梳妆的几枝芦苇
托住叶尖上的月光
芦花重返芳馨
你迷路了，朝着美丽的方向
不慌不忙，缄默
与时间对峙

被你点缀
如遗落的卵石、幽谷的蜡梅
一个小小的冰的宫殿
锁不住那红，那黄
用一颗玉洁般的心
温柔地洗过

被你覆盖
如恋爱的楼檐、忧郁的回廊
我在青瓦楞的秩序里
水晶灯般地旋转
亦以白色的一行行
倾吐夜的尊严

你，静止于窗外，晶莹!
我寻着你
匍匐着你
怀抱着你
幻觉着你!
于一方水域前，戛然而止

不！是你的另一半
以水的方式
悄悄地
返回天空的云里面去
那是雨的精魂
是还未开花的雪

2019年2月9日

美国西海岸比克斯比河大桥　2023 年 6 月 19 日

琥珀泪

你再一次
回到女人的胸前
一条河的方向
在一个椭圆的瓶口
欲滴……
又止于心的终极

当泪滚落的时候
我未曾
以前世的速度
承纳那一份甜蜜

你是你！流动而深情
当你不再是你
于千万年沉重里
固化
为爱而坠落的痕迹

昆虫的脚，纤细
它爱着你，黑暗里的热烈
爱着你

吸进，还未曾来得及
吐出的呼吸
你们相拥
在植物哀怨的碎片里
一个世界，就这样
从深渊跌入深渊……

你，不再是水
当海流经你脚踝的时候
浪花起伏，卵石喧哗
跌跌荡荡，生生世世
你，终以温润之金色
实现旷世一轮回……

而你，沉默！
对走过的一条
无路的富裕之路

2019 年 1 月 18 日

粉白的栀子花

粉白的栀子花瓣
落英满地
它羞涩于昨夜一场
雷雨般的爱恋

乌云裹住的雷声
未曾惊动
四月的小城
在安静的屋子里
杏黄色的灯盏下
我的心，随滚滚雷声
承纳了它的深沉
与无法抗拒的力量

飘摇于暴风雨里
粉色的栀子花啊
流淌于雨水中
粉色的栀子花
我忘记了
亲吻你时激动的眼泪
与发丝般凌乱而潮湿的

呼吸
我掩上了
对蠢蠢欲动的春天
敞开的门
所有的情感如雨水
一滴滴，在房屋里流溢

我，从春天的羞涩里
醒来
粉白的栀子花瓣
落英满地
带着肌肤被吻的欢喜
带着四月里潮的芳馨
在灿烂的阳光下，蒸发
越发地浓郁
娇妍地
在春天的掌心里
在四月无法逃离的
呼吸里

2016 年 4 月 17 日

八月桂花香

金黄的四叶花
在你消失之后（月亮）
静静地
缀满秋的枝头
淡淡地
独自芬芳……

它爱着，尽情地爱着
香气满园……
风，珍惜它的秘密
亦珍惜它的忧伤
它，做了一回
人间的繁星
直至星星点点的金黄
璀璨着，在风里飘落
不再看到它
一碰即触动的笑脸

它爱着，尽情地爱着
以敞开的方式
以与石头、与琥珀

截然相反的方式!
风愈烈，心愈烈
不抱任何希望地
芬芳着，倾泻大地
直至那荡气回肠的音乐
在空气里沉睡
世界静止
所有生灵失语

金黄的四叶花
淡淡地独自芬芳
风愈烈，心愈烈……

2017 年 10 月 14 日